情繫一環

三民叢刊78

梁錫華著

三民書局印行

談個人寫作

代序

沒說到寫作，先講認字和讀書，就我個人來說，大概要先扯到性格上去。

本人家中三位母親，兄弟姐妹十五人，但出生時連自己只有六個，身為老么，我和四位姐姐與唯一的哥哥在年歲上相差頗遠，加上相當富裕的家庭，很助長我孤獨性格的發展。記得小時候家中的房子頗大，隨便容我獨自躲在樓上默默不語而自得其寂樂度過學前的歲月。那時候，每天的消遣除了露臺看花和觀賞屋外的自然景色，就是拿哥哥的藏書看其中的插圖。我不合群，對嬉戲沒興趣，更不喜歡到房子外面玩耍，是極度內向的孩子，近乎自閉病者。上學之後識字多了，唸書的狂熱大增。對著白紙黑字，我有驚人的耐力和專注力。最突出的例子是小學三年級沒唸完居然讀畢一套用許多所謂吳儂軟語寫的才子妓女小說《九尾龜》。這是哥哥的藏書，我從他不加鎖的書櫥偷拿來看的。其中很多的詞語我完全不懂，蘇州方言更外行，只不過模模糊糊霧中賞花地唸下去，倒也領會故事的梗概，至今還記得主要角色如文武雙全的章秋谷、名妓陳文仙、章氏好友才子貢春樹等。我這點閱讀興趣可以說是與生俱來的，和今天熱愛寫作應該有直接關係。

如果記得不錯，我第一篇發表的文章題為「夏夜」，是四年級或五年級時候的習作，寄到《華僑日報》在「學生園地」這一欄發表，換來書券數張。當日的欣喜，不是筆墨所能形容的。但接下去，卻沒有第二次的成功。小學畢業後進聖保羅書院，卻不到一年因家道急劇中落而輟學。在別人唸中學的日子，我要一步步學習謀生，連上街擺賣水果都幹過了。可幸在無限辛苦和辛酸的年間，自己一直沒有離開中、英文。當時抓到甚麼唸甚麼，那股精神的確十分強韌。不過，與寫作卻絕緣了，只覺得人生要務唯有抓錢吃飯去充實腸胃和抓知識去充實腦袋。執筆描述或抒情嗎？這太奢侈了。

這樣一直到拿了博士學位以至在加拿大教書，努力的是英文和學問，筆頭不是不扛，但只為了寫學術論文。眞正講寫作，是一九七六年回到香港之後。這件事和余光中先生的薦引和鼓勵是頗有關係的。七〇年代中期至八〇年代中期，沙田文風大盛，我有幸在中文大學和余先生做同事，此外還有思果、黃國彬和黃維樑諸先生，他們都是文學創作方面早做得有成績的人，我在這種氛圍之下受推動而開步是很自然的。

在各種文類中，我最尊崇詩歌，因為它永遠站在文學的前線，無論講文字、意象、結構、感情、思想，都毫無例外。然而，我不寫詩，至少說目前尚未有寫詩的企圖。原因呢，最簡單扼要地說，就是不敢褻瀆詩神。我認為寫詩是嘔心瀝血的事業，自己直到目前為止，一直沒有時間去撚斷髭鬚或頭髮，所以只好讀而不寫。另外，詩歌讀者面窄，如今最不為商業社會所欣賞，而我是傾向寫文章盡可能助益人群、社會的，假如寫詩，則很難在這方面多作發揮，要孤芳自賞恐怕得退休之後了。

如上所述，我既關心文學和社會的聯繫，所以讀雜文的興趣早有了。創作的時候筆尖伸向雜文，是挺自然的事了。

抒情性的散文我也愛唸和愛寫，這和尊崇詩歌同出一源。我不排斥非抒情詩歌，但個人的偏見總認為詩的主要任務是抒情，進一步認為文學之所以與別的不同，是因為它有抒情的一面，即使寫雜文，最好也有抒情的成分，否則和文學就顯得較疏遠了。

由於所受的是所謂學院式的訓練，我們這一類學院中人行文的時候，特別從事散文或雜文的創作，不免有所謂「掉書袋」的傾向。有些文友對此很反感，詆之為「造作」。其實，香老大說香老大的話，臭老九說臭老九的話，這原是十分自然的。東施效顰，那才是「造作」。反過來說，總經理學小廝那樣舉手投足，那也是「造作」。如果有學者說話寫文章像個幼稚生，他有這點自由，但他按著自身的學養而發言而動筆，肩上掛的是書袋而掉的是書袋，世人大概沒有甚麼理由一定要勉強他掉錢袋、公文袋、旅行袋或玩具袋的。各掛各袋，各掉各袋，這正如喜歡喝茶喝咖啡或喝白開水的，儘可悉隨尊便。即使不尋常到像喝酥油茶，我們也不能輕視或橫加指責，斷言華夏文化的烏龍茶才是正宗好飲料。

小說方面，個人的偏嗜是長篇。一方面，因少年時代深受羅曼羅蘭的《約翰克利斯朵夫》、托爾斯泰的《戰爭與和平》、《安娜卡列尼娜》、屠格涅夫的《貴族之家》和華夏之光的《紅樓夢》、《西遊記》、《三國演義》、《水滸傳》等影響，而間接從英國長詩過來的震撼力也起作用，例如密爾頓的《失樂園》、《再得樂園》、拜倫的《哈洛德公子遊記》、《璜公子》等。長篇鉅製的超卓作品有一股懾人的氣勢和力量，令我低頭敬拜之餘盼望昂首跟上，所以屬意寫長篇小說，感覺非長篇不足以使筆頭喝飽墨汁似的。在寫作過程中，有時如中風魔。與創造出來的人物共悲歡的經驗雖然不免使自己有時心力交瘁，但沈迷之樂極大，簡直可以說是另類吸毒了。記得數年前曾答應我的朋友鍾偉民寫微型小說，但結果東試西試，筆頭總不靈，最後只好認命，肯定自己不宜寫合時尚的超短故事。

寫小說，我屬於所謂現實主義這一路吧。換言之，不盼望把它弄得難懂，所以對於前衛性的創作手法，大多敬而遠之，其根源，我想，還是由於個人把文學創作和社會搭上了關係。你說骨子裏是儒家思想作怪也好，基督教的「乃役於人」大道理作祟也好，都是那麼一個東西。我固然十分認同文學是文字的藝術，但一生對社會家國從未去懷，也不敢去懷，所以把文字當作純藝術來供奉、把玩或吹捧，自問是辦不到的。我不反對人家這樣做。文學的範圍是極大極大的，是超乎國家公園的世界公園，其中可以包括原始森林和各色花圃。奇卉異木愈繽紛雜陳愈妙，不違身心健康就好了。

另方面，我和許多朋友一樣，肯定文學最基本上的要素是文字。文字功夫下乘的作品，不管內容、思想、奇巧或創新到哪個地步，實不足以言超卓，更不宜進位偉大。由此引伸，我認為要創造起碼是中上級的作品，作者本身不可能缺了古典文學的修養，因為有了古典的根基，駕馭文字才能得心應手，更方便相體裁衣。此外，當今之世，西方文化不容忽視，語言方面在不違反漢語基本語法、句法的前提下，適度西化以求取長補短是不妨偶一為之的，但太過生吞活剝地濫用，結果只會害己害人，對語言和文學都毫無益處。

個人對戲劇從來不作染指之想，大概怕它從頭到尾惟獨白或對白，但對粵劇卻是例外，因為受它的古典性和詩詞曲成分的吸引。說來好笑，自己多年供養的一瓣癡心是至少編一齣粵劇。明知其不可為而長繫心懷，很具單思的味道。這和窮書生暗戀富家淑女一樣，非待高中狀元且富貴起來不可。一笑！

寫作，對我，是人生樂事。尤其在公務繁忙中稍得清閑的日子，例如下班後，放假中。寫作更是我的休息，可比是人家出海釣魚或沙灘上曬太陽。寫作這件動腦動筆的事在我看來也是一種運動，使人保持身心熱切，而創造性的熱切是有助健康和留住青春的。關於這一點，拜倫給我的啟示至大。他有一句話我永遠不會忘記：「在創造中，人活得更熱切……當我們把生命賜予所反映的事物，我們就有所得了。」

我認識兩三位作家，他們說萬一作品不蒙時賞而面世無門，就馬上封筆了。我卻有不同的主意。假如有一天環境惡劣到像上述那個地步，我還是會寫的。那時候也許天天寫詳細的日記或詩或文，體裁不拘，讀者只餘自己一人也無所謂。當然，要是老而不死，闖了八十、九十大關還有更上層樓之勢，那大抵只是年歲的堆疊而不是體力、智力、眼力、心力的再旺。事實上，到一天總會手、腦都不中用，那麼即使司命之神尚未喝令封口、封棺，自己也得乖乖地遵從自然律而封筆了。說到未來，總是迷濛、美麗、光明、幽暗……各有可能。廿一世紀給人類的謎太大了，結束本文前，只好套用舊小說腔說一句「欲知後事如何，且看下回分解」。

情繫一環

目次

□短篇

環一繫情・4

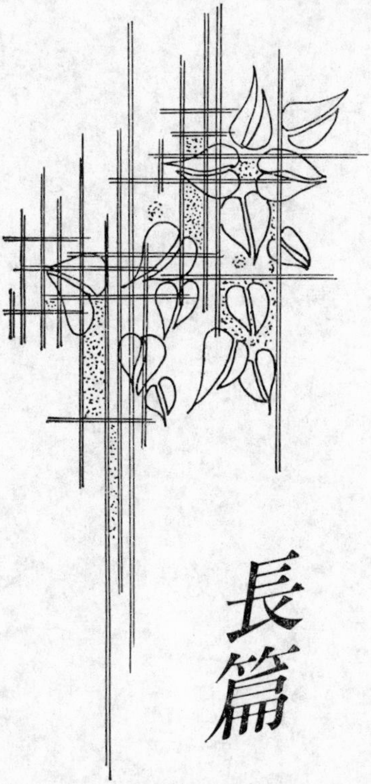

長篇

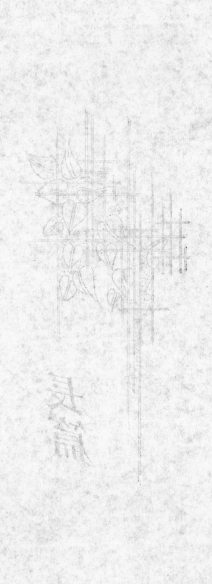

八仙之戀

我見青山多嫵媚　辛棄疾

一來就愛八仙了！愛這峯，這嶺，這山，還有，下面的水。

他們首先是帶我到博文苑的。博文、博文、博我以文，這宿舍應該好得很呀！

他們說，是最合適的了，面對火車站，出城頂方便：看戲、吃大菜、購衣物……可是自己心裏卻不是味兒，因爲戲、大菜、衣物，像肥皂泡，都不大相干，而相干的是車站的人潮。再豎起耳朵測音響，唉，鐵輪鋼軌日夜隆隆，加上鐵路局職員不停訓導旅客的「注意安全」播音，很要命的。

不愜意之後，翻了幾個山坡。好了，這裏是一幢高樓，名叫第四苑。走出第八層A座露臺，一舉頭，驚豔！原來遠處青眼盈盈直望著自己的，是八仙嶺。「下面第七苑還有空單位。」帶路的先生說。

拗不過他的好意，我跟他走。但一見鍾情之情已經定了，而情貴一、貴貞、貴深，所以，到了那邊，隨上隨下，絕不濫灑半痕回眸的眼色。

從此，日夕對八仙，任朝暾晚霞，捧來又送走寸寸黃金樣的韶光，到今天，幾近九年。九年，最少添我九十根無本生利的白髮，然而，峯巒卻不老，青眼更青。

不老的一脈紺碧，自然有仙則靈。可是，那八個峯頭，除了最東的仙姑峯和最西的純陽峯，其他六座，都似乎沒有嚴格規定的稱號。因著這個緣故，鍾離權（漢鍾離）、張果老、韓湘子、李鐵拐、曹國舅、藍采和這六仙如何各各聳立，就任人自揣了。突出何仙姑和呂洞賓是有理的，因為仙姑據古書所記是「往來山頂，其行如飛，能預知人事」；純陽祖師當然更厲害，他除了鍊就「延命之術」，更精通「上眞秘訣」和「天遁劍法」。這樣一位文武雙全的仙家，他名下的山峯高出諸嶺，誰曰不宜？令人費解的是，唐人的呂氏子本來十分困頓無聊，武宗時他兩舉進士不第，而年已六十四，在失意浪遊中遇上鍾離權之後才獲登仙籍，但怎麼他竟騎在老師上頭雄據仙榜呢？想來也許是青出於藍而勝於藍吧。所以別的不談，單以做人不必歎老嗟卑這一點勵志作用來說，已够我們長對八仙嶺而景仰無限了。

事實上，八仙之美，是書不盡言，言不盡意的。隨季節而顯得春秀夏媚、秋肅冬寒，這是任何人都能想像的了。但眞正攝眼的，卻是那變幻無窮的山色。如果說人與山的正常關係不是單邊的人望山，而是雙邊的人山互眺，也即李白所云「相看兩不厭」的「相看」，那麼，二者在這件傳意的事上，相差就不可以道理計了。因爲人看山，不是驚訝就是喜悅，但山看人，卻七情上面。八仙有靈，即使不討厭我們表情呆滯，也會笑我們過於單調了。

爲親更多的山色，書齋改充書庫和雜物房，飯廳卻成爲日夕盤桓的工作間。愛色不愛食，眞的！

山色——山的七情！這幾簇壯美的峯巒，天天弄形弄影。或戲耍著雲霞，爲自己輕盈地戴一頂白帽；或，傷時感事，沈重地給自己罩起百叠黑冠。白也罷，黑也罷，那份情懷，都深遠。

在霧漫漫的日子，八仙乾脆不以面目示人。這時候愛山者會懸念，猜想他們已借霧高飛，全體遠赴西王母那邊朝聖去了。

大晴天也未必是山色明豔的保證，特別在炎暑之時。那注滿四方的濛濛，是微藍透白的依依煙靄。八仙就在大幅淨綃的輕裹下，從早到晚，尋夢。也許入定。總之全是佛家無色無相的超凡色相。

天若朗健得爽澈、清暢，八仙的色，不免時刻繫人情懷。晨曦和夕照慷慨的大筆，漫染山陽山陰，這當然較日中時分，揚潑出更絢爛的神話和傳奇世界。唉，不定睛看，你不甘心。定睛看，久了又給彩麗漂得目眩魂蕩。這裏，是給甚麼仙灑落橘子汁？那裏，又是給甚麼仙搾下葡萄漿、檸檬露呢？靜雲懸空作陪襯，是明灰也好，暗靛也好，都透鮮透豔地不沾愁色。而連厚重部分，也予人美玉晶晶的溫潤感覺。也許天公就是垂顧陰慘的塵寰，特意揉碎長虹，不斷爲我們撒下繽紛的遐想，在嶺頭、在山脊、在峽谷、在溪澗。瓣瓣華彩，嫣然送走那翳入明朝的黃昏，乘夜色從山的隱密處昇騰，又攀附星芒，下凡轉朱閣，低綺戶。爲愛山人將短夢加長，把碎零零的殘夢搓圓，並爲沈默的夢滴滿清響。每一痕夢影，於焉閃耀著山顏，留與發射金箭的晨光，珍重地遙寄給永遠。

八仙是常綠的，「送青」的本領，不只「排闥」，更是透隙穿牆，因爲，那綠不但能照亮，更能笑、能叫、能搖。笑落你的愚魯，叫醒你的神思，搖起你千萬鈞的創造力。這樣，不論你昂首悠然高舉的是文筆、畫筆、樂器、試管或別的甚麼，你會擁抱著八仙的綠情，駕馭風雲在十里洋場的凡庸祿意之上，揮擘出一個比青草更青的世界。

綠，生命的綠、突破隆多黑壓的綠、創造性的綠，更是，文學的綠！數一數吧，多少不列顛的健筆，是源出，且情牽愛爾蘭的無垠碧野！

雨中的八仙，在天地的漠漠淚簾籠罩下，看來似乎淡寂而淒迷，但其實眾峯蘊結的沈毅悲涼深又深，宛如勇士紀念為國捐軀的同袍，哀悼之後，確知光明的日子必然隨陰霾掃盡而展新容了。

不是嗎？論八仙之美，應當首推雨後。看，每一角山野，都漲溢萬斛撩眼的新翠，呼送著靈氣宛若藍田碧玉。又如錢塘浪頭，搶湧入，觀者眼簾，定意要沁人心魂並四肢百體。有血脈拒奔流，有末梢神經懶掀動的麼？像一葉滿貯早春晨露的白帆，誰不迎風扯直繩索？誰不起錨乘青青鮮浪破入光豔萬丈的琉璃汪洋？

洗淨塵慮的雯華，是八仙頭上的秀髮。如斯清景，黃庭堅在八百多年前已舉目吟賞了：「去年新霽獨憑欄，山似樊姬擁髻鬟。」（〈甯子與追和予岳陽樓詩復次韻二首〉）當然，這樣的說法只合奉贈何仙姑，因為其他的七仙俱屬男性，他們明顯和墮馬、倭墮或別的甚麼髻式無關。但雨後雲霞萬變，也會陽剛地怒髮衝冠的，有時縱橫上下一柱柱或一環環，霎然就有劍拔弩張的奇勢了。而撒豆成兵地把整個天空黏遍棉絮，八仙這項法力更叫人肅然起敬。見山不是山，見水不是水的黃庭堅，就肯定雲起於山或雲擁峯嶺是事出有故的，所以有「箇裏宛然多事在」的講法，並暗諷塵世的碌碌無知者為「世間遙望但雲山」。想來在現代，給科技迷糊得滿頭腦盡是機器的一般男女，若開眼尙存「但雲山」之感，已很不容易了。怕只怕，黌宮多少士，在沙田天天邂逅八仙，卻竟然胸中無雲無山——雨前懵懵，雨中濛濛，晴日空空。地靈哺育不出幾個人傑，那才叫創造和營造同樣嗞嗟惆悵。萬一俗氛瀰漫，八仙雖存實亡，有心人就該靠水依山，作同聲之一哭了。

偶爾，在清晨，或雨後，八仙近腰或山腳處，給造化拈起素筆長長的橫拖一兩痕乳白，輕盈得像腰帶、像襯裙；那秀健的仙姑峯，就有招嵐起舞的姿態了。隔著吐露海港凝望、延佇的山下人，就不恐瓊樓玉宇，高處不勝寒，只想縱身飛渡到那邊，依附也好、融入也好，總得叫那明霞把自己一款擺而上瑤天，是白天或黑夜都無所謂，這樣，才不致像屈原徒然悵望而自怨偃蹇，卻將王轂的「夢仙謠」一動而化爲現實，是眞正的「瑤臺絳節遊皆徧」了。

一堵凝重的黑，或一軸夢幻的暗。這是八仙晚影，在深紫瑩瑩的淸夜。峯巒之後再峯巒，默默之後仍默默，而再遠，再遠，朝北，這裏激嘯的，又豈非「懷歸路綿邈，覽古情淒涼」的心聲？但，四野無處不泛傳的，只是萬蟲無盡的密語、蜜語和私語、思語，把大氣漾成無限的圓：繞山、繞林、繞一朵花、一根草，也繞到蝸牛的角尖。輕輕轉入人耳輪的，則幽幽詠歎而成永恆的美調。

或夜、或晝、或昏、或晨，特別在暑日，八仙的周圍和前後，會無視時間和空間而躍起萬馬千軍。那飛、疾、寒、亮、尖、長、蛇突、龜縮、吐銀、擲白的一閃、再閃、多閃的電光像神靈的啟示貫通幽明，照響轟轟洪雷，聚攏千秋上下的積忿，而無聲有恨齊呼應的，是多少皺龐眉、鼓怨腮的沸騰墨雲堆！他們，千百簇，滔滔然驅長風劈山斬徑，攫獲明人王季重所謂「其氣無往而不怒也」的炎夏肅殺，不讓秋冬那一份專美於後了。彤雲充塞且迴轉天地，又在光閃閃、聲震震、氣騰騰的威儀下君臨萬邦，那壯景是叫人驚心動魄而又絕不在窗後退縮半步的，因為，眼前的八仙，不驚懼。依然屹立，依然挺身昂首，是八仙！這真如宋人程顥所說「道通天地有形外，思入風雲變態中」。我們若奮發淬礪，要不辜負這個嚴肅宏麗的時刻以至不辜負這個時代，豈非也該如此？

如果隨光、隨聲、隨四瀉墨色潑臨的是橫掃六合的天水，整個繁雜的世界，一轉眼，就隱入霧霈迷漫的濕白——是億萬雨繩密織，用以接天連地的廣幅。雲響過後，八仙凝睇。親切潤澤的平安信息，又點蕩在人間了。

少見的是颶風警號高掛，且寸寸空氣都成砍殺草木的尺尺飛刀，而又豪雨延宕的時辰。天不明麗；雲重、厚、多，卻疾馳快衝如雪崩、如石滾。八仙上下，全是調兵遣將的景象。灰黯層層，翻飛散亂和凝聚組合無非分秒間事。搖撼霄壤的，自然是不雷亦轟轟的怒飈。

但，你信嗎？那無形無象的狂風動態，卻讓飛鳥刻畫出其形其象了。誰料得，近十隻的野鴿，竟然在這萬眾辟易的風暴中有離巢的心和翺翔之能呢？順流，牠們翅一揚已越十丈。逆流，牠們奮翮，翼不折，胸挺羽亂而不傷。雖然反向怒飛十尺之遙也顯得費盡心力和氣力，但牠們畢竟能出遊、能回巢、能上屋簷、能投林、或下地。這是奇觀，是壯麗的力之舞。在八仙前，氣流的快筆，寫下牠們光榮的一頁抗暴沖天史。

上面的情形是少見的，因爲颶風怎能不挾雨？但今年六月吹襲香港的哈爾，正是這派風度。雖然，雨，到底，先蕭疏、後滂沱而至，但那時哈爾已經呼嘯北征了。不久風沈雨息，鴿無恙、人無恙、八仙更無恙。

八仙腳下的水——吐露港，長年寂寂，厭盡繁華，原是爲峯巒自照而設的。最好最美的水，大多數不過爲山作注腳。山可以腳下無水，但水不能面上無山，否則近處一眼茫茫再加遠遠的一線茫茫，就只配刷空和刷白人的心靈和頭腦了。有時會設想：假如借得天神巨手，用五個指頭把八仙一下抽離地面，或者相反，把八仙重重一壓而叫眾峯完全沈入地心，吐露港又如何呢？是水高？是水低？是水綠？是水黃？眞難想像。但肯定的是：水醜！

八仙嶺是吐露港之靈。在如今這個水源污染日增的邪惡世代，要是人不改悔，到一天必招天怒神譴，而八仙將以澄澄慧眼去見證這一切。

我一來就愛八仙了！但快要揮手揚巾的對象，竟然是這峯、這嶺、這山，還有，下面的水。驪歌，不肯譜，不忍譜，惟倩夜蟲為我殷勤唱別情，又託風漫播四方；更乞春霖秋露，把滴滴味兼甜苦的音符，扣在八仙呵護下中文大學的花草、樹木、樓宇之上。人去，夢斷，愛存。即使輪迴再輪迴，生，畢竟，還……是……如寄！但和八仙結緣後，彼此細牽眼簾而酣然捲入眸底的每一段青青，是，人與仙，仙與人之間洗盡紅情，卻又深懷綠意的綿綿戀念。

一九八五年九月

大哉蛇道

蛇來了，人樂了。這是香港秋後的光景。蛇羹堪吃、蛇肉堪啖、蛇膽堪吞、蛇酒堪醉，廣東人誰不知之？可惜，這些日子遊客雖然比蛇更多，他們在香港卻不懂深入民間去研究一點蛇的學問，眞是虛有此行。他們當中有些不服氣的，會抗議說：「蛇羹和蛇甚麼的，我在酒家不是吃過了麼？」但，上酒家的不算，跑夜總會的也不算。要講蛇學，正如講社會學，非探究一番並駐足於有關地區的某街某巷不可。

首先，眞正够格的蛇學總匯，其名稱總以「蛇王」二字起頭。甚麼人敢撐起門面而且自號蛇王，其揮斥、調度和宰殺手下群蛇的大能，亦可見矣！其次，凡具「蛇王×」招牌的，若設店於鬧市大馬路，例多不足觀。你想獲補益、求新知、動心魄，總要命駕往市井氣味濃烈的「內地」，才能得遂所懷。要是你路走對了，門牌看準了，「蛇王×」戶外赫然入目的，是層層疊疊的鐵籠，籠內攢頭、吐舌、扭身的，不用說，就是叫香港人垂涎欲滴的多種毒蛇了。蛇要有毒的才堪咀嚼，這是最基本的法則，老饕不可不知。

香港本地出產而可吃的毒蛇沒有幾條。市上各類供食用的，可以說百分之百源自中國大陸。運輸主要靠一種扁窄通風的薄木板箱。每一箱塞上四五個袋口緊紮的白布袋，每袋盛同類的蛇十至二十條，看其體積大小而定。箱子運到蛇王×的店舖，開箱這件盛事，宛如歡迎嘉賓，照例堂堂皇皇地在門前舉行。一切部署停當之後，街坊鄰居與過路的，自然聞風而至。整個程序並不複雜。蛇王×和他的助手一二人破箱取袋並鬆袋口，接著或腳踢或手擠，將衆蛇逼入鐵網籠內，讓牠們鬆鬆筋骨並暫時安家，也讓圍攏的人群觀賞。此時蛇店的人還要揀出死蛇，因爲運輸途中，少數老弱之輩可能入境手續尚未辦妥，早在袋內窒息嗚呼了。

在蛇王×門前看蛇，比在動物園精采多了。因爲，第一，人與蛇近在咫尺，看得眞切。第二，動物園那些死氣沈沈，但從布袋衝出那些，不少虎虎吐舌作聲，生機蓬勃。第三，動物園內，人和動物同樣心如止水，但蛇王×門前，往往人蛇合作製造驚險，所以高潮迭起。例如從布袋移民進入鐵網籠的時候，每次總有一兩條刁頑的聰明蛇，會一低頭或一昂首便鑽到空隙向外直竄。那時觀衆嘩然駭然，各自奔躍逃命。但其實庸人自擾耳，因爲蛇王×和他手下的好漢箭步飛身，追上前用腳一踏，或俯身用手一捏，就把不法之蛇捉回了。大伙人馬於是像潮水，一哄而還，又再圍起半月形的圈圈，繼續欣賞品評。

蛇全部入籠之後，如果戲有續集，那是兩幕劇，即虐蛇與宰蛇。所謂虐，是按香港政府和達官貴人所擁護那個「皇家防止虐畜會」的規矩而言的。「蛇王×」之輩，在殺蛇下鍋之先，照例表演一番「虐畜」。程序是：1.拔牙。2.挖膽。3.剝皮。既臻此境，接下去當然是切而碎之和烹而啖之了。說到這裏，讀者也許會領悟，與蛇有關的精采活動，在通衢大道是諸多不便的。因爲政府有例，「虐畜」違法！手提著雞、鴨、鴿子等禽類的羽翼過路都會吃官司，何況拔蛇牙、挖蛇膽、剝蛇皮？內街一類地方則不同，因爲吸毒、嫖妓尚可通融，虐畜、虐人等事，無傷也。

拔蛇牙像吃西餐的頭盤，可觀性不高。蛇王某君左手握蛇頸，右手持鐵鉗，只兩度小招式，就把蛇牙拔掉。但接著，好戲來了。一臉英氣的蛇王×，把無牙之蛇踏在腳下，雙手力壓蛇腹後半截以定方位，然後以寒亮亮的刀片直劏那瞄準了的四五寸之地，嗞嗞兩聲，清脆得像裂帛，和外科醫生做手術屬同樣把戲；所異的是，人皮破裂，血像決堤的水，但蛇皮破裂，卻沒有幾絲紅滴，而噴薄爭出的，是一堆滑溜溜、活鮮鮮的內臟。宰蛇大漢雙手一抓、一捏、一撥再加一擠，黑綠色的蛇膽，像龍吐的珠，一閃而現！此時也，睜眼張口的觀眾或讚嘆、或驚呼、或喝采……莫不七情上面。蛇膽送到旁邊定購者的手上，只見付鈔之人，持杯盛膽，然後用酒調和鮮膽汁一飲而盡。周圍又是哄動一番，在讚歎、驚呼、喝采之外，還揚溢著卡萊爾（Thomas Carlyle）所謂英雄崇拜的心聲。

或問：在這場表演中，人之外，蛇的反應如何？答案是十分簡單的。蛇從拔牙以至裂腹，一直昂頭吐舌，既不低首求憐，也不流淚哀喊。更難能可貴的是，牠的內臟都流出體外了，但上半身依然向空中飛舞，這情形，跟牠十分鐘前處身鐵籠而前後左右四處突圍的光景毫無二致。這點一息尚存依舊奮鬥自強的英雄精神，眞叫人想起密爾頓名著《失樂園》中的撒旦。難怪《聖經》把蛇、龍、魔鬼作爲三位一體描述了！您如果不是基督信徒，這裏的勵志作用是極大的。

但壓軸戲還在後頭。

只見：蛇王×和蛇同理，頭一昂，氣一呼，完全是承上帝命下凡滅鬼那個聖米迦勒的模樣。他準確地朝蛇頸剮一刀，隨即和助手分持蛇頭和蛇身，左右分開一扯，於是數秒鐘之內，蛇皮和蛇軀分離。驚人的是，那條無頭的、肉色鮮明的蛇身，居然還能在地上疾轉打圈子！觀眾看到這閉幕大典，如有不相信吃蛇、喝蛇之能舒筋活絡和補益身心的，那簡直是冥頑到叫木石也要歎息。

那時候，要是你胃口尚佳或胃液如泉，乃可步入蛇王×店內坐下，要一碗蛇羹或蛇甚麼的，吃喝之餘，凜凜然自比王粲；雖然不用登樓絞腦汁去作賦，但總無妨在付賬出門之後，露一手「向北風而開襟」。因爲你既有本事把臨刑不屈、雖死猶生的毒蛇也吃進肚子裏，即使不幹青春美豔歌星這一行，也必定在寒風中熱力四射且活力倍增的了。大丈夫，圖偉業，包括投機、賭馬、運毒、競選、革命或別的甚麼，豈能不取蛇之勇猛、機靈乎？有爲者，亦若是矣！由此可見，廣東人和蛇結上不解緣，是道理俱在的。

香港是廣東人的世界，大陸那邊，設立蛇場專門爲香港養蛇，以便港人秋後進補，藉此充滿蛇樣的意志與衝勁，乃可大搞資本主義，並維持天天宣揚的安定和繁榮，也就是幫助「祖國」的現代化了。你想想，意義重不重大？

在香港稱呼別人爲「先生」的，近年已頗嫌老土。時髦的叫法是「阿蛇」，源自英文的 Sir。按此類推，姓陳的，是爲陳 Sir，姓李的，是爲李 Sir 等等。中西合璧到如斯境界，眞叫有心人歎國粹之淪亡。但這事似乎不合只怪英文和英人，因爲香港的男女老幼，早已深受蛇惠，把蛇擡高到招呼和稱呼的層次，誰曰不宜？

抑有進者，蛇即爵也。在香港，有錢算不了甚麼，有名也算不了甚麼。人要光宗耀祖，第一步應該做蛇（Sir），因爲受英廷封爵的社會賢達，男者爲 Sir，女者爲 Dame（膽），在粵語分稱爲「蛇」與「膽」，合起來自然是蛇膽。譯名集色彩、活力、名貴、壯健於一身，其完美度亦可謂曠世少見了。香港華人榮膺蛇銜的已有好幾位，而有膽的女士尚未之聞；但年來女強人充斥，看光景膽也快來了。事實上如果不加速步伐弄個蛇膽俱備的局面，這玩意兒在一九九七年，就必定跟下降的英國國旗同歸於盡。

蛇之道，在香港，大矣哉！假如秋冬之際香港缺蛇，這就等於有社會而沒有賢達，老百姓沾惠補益的希望就近乎零了，還有甚麼安定繁榮可言呢？可幸的是，有蛇。但這條大道理，外人來此作客的，知者鮮矣。

一九八八年一月

案：此文完成之後，香港已有婦女受封爲Dame的。

光輝長照

受它們影響過的人有多少呢？算不來。要是算得來，那個數字應該有幾十億，以後一定還有。

這裏所說的，是基督教的《聖經》和儒家的輝煌要籍——《論語》。

這兩本書，都是自己小學時代就開始接觸的。在校，是《聖經》，在家，是《論語》。至今回顧，因受這二書的影響，雖然在這踏入廿一世紀的年代，做人處事有時候不免會吃點不大不小的虧，但自己從來不遺憾。一個人，活得無愧於心，有何憾焉？

《聖經》和《論語》的教訓，不是我能全部接受的，其中好些榜樣，我也不願無條件跟隨，但總的來說，是教訓也好，是榜樣也好，許許多多，光耀萬丈，至少在我心中，永遠是明確的路標和人生苦海的慈航。

要細說沒有足够的時間，而且也會佔太多的篇幅，所以只按《論語》這一本書與個人關係較密切的，簡略言之。

《論語》影響我最深的，是活得積極的態度，就是孔子留給後人那個光輝榜樣：「其爲人也，發憤忘食，樂以忘憂，不知老之將至云爾。」（〈述而・七〉）還有：「若聖與仁，則吾豈敢？抑爲之不厭，誨人不倦，則可謂云爾已矣。」（同上）

在積極的大前提下，有幾點是我特別接受的。

第一，好學

這有兩方面，其一是多問，譬如說，「就有道而正焉」（〈學而・一〉）另一處：「敏而好學，不恥下問，是以謂之文也。」（〈公冶長・五〉）在這兩句話的教訓下，我學到了許多知識，甚至在一兩處人生關頭，成了我的轉捩點。「三人行，必有我師焉。」（〈述而・七〉）也是使我大得助益的。其二，是自學。我覺得，這一生，自己鑽研所得的學問和知識，比從學校所獲多得多。這句話並非否定學校教育，只是說，從老師所得的啟廸和指引，若不加上大量的自學，效果一定有限。子夏所云：「博學而篤志，切問而近思，仁在其中矣」（〈子張・一九〉），常給我很大的勉勵，而孔子的話：「學如不及，猶恐失之」（〈泰伯・

八〉），鼓舞之外，更叫我心存戰兢，不敢懈怠。

近年來，《論語》有一句話特別在心中發亮，在耳畔迴響，就是：「見賢思齊焉，見不賢而內自省也。」（〈里仁・四〉）。原因是，時代洪流如巨浪，翻吐出許多人事物的沈渣，於是賢與不賢，在眼前一一現形。論語的話，使我深切感到思齊與自省的重要，因爲自己既然許身學問與教育，豈可不修學進德以求無愧於己和不負家國社會呢？

第二，改錯

我總覺得，不犯錯的人是沒有的，但犯錯而不知犯錯者很多，所以天下的錯人錯事，數之不盡。此外，錯而肯改的，大多數暗地爲之而少有直白承認。《論語》有一句話，很清楚肯定何處犯錯則何處承認的美德。〈子張・一九〉云：「君子之過也，如日月之食焉。過也，人皆見之，更也，人皆仰之。」這二十幾個字，每讀到的時候，都感到其崇高和可敬，而影響自己，亦十分深遠。記得多年前，我曾在南洋某地教書，有一次曾在課室因小誤會而大罵一個馬來學生，事後知道錯在自己，愧恨之餘，心中一直不舒服。最後還是在課室公開向學生道歉了，整個人才輕鬆過來。其實我完全可以不必這樣做，因爲學生受教師有理或無理的責罰，是司空見慣的。但當我煞有介事道歉，全班同學大爲感動，他們的學業成績和品行，接著都普遍提高，叫我終身不忘這件雖小猶大的人生一事。

第三，生活

《論語》給我生活方面的影響，主要有下列幾句話：「君子食無求飽，居無求安。」（〈學而．一〉）「飯疏食飲水，曲肱而枕之，樂亦在其中矣，不義而富且貴，於我如浮雲。」（〈述而．七〉）「奢則不孫，儉則固。與其不孫也，寧固。」（同上）我不是說飲食可以隨隨便便不講營養，居處可以烏煙瘴氣不管衛生。我認爲上述的話，精神在於不強調今人愛說的所謂物質享受。事實上許許多多所謂的物質享受是不合衛生或攝生之道的，例如縱酒暴食、玩樂無度等。

至於儉這個字，尤其值得提出一談。近年來，口袋稍漲的人，很多都看不起儉之爲德了。他們受了某些西方人的影響，以爲出手豪奢的，才算英雄。「千金散盡還復來」，拚命吃喝玩樂之後儘可以拚命賺，要這樣拚進來拚出去，才夠趕上潮流使人生多姿采。其實這是極其糜爛的人生觀。進一步，這種人生觀十分影響整個世界的生態環境，因爲無度的消費、無限的物質主義擴張，導致各類上天下地大大小小的污染。地球上南北兩極臭氧層穿洞一事，是大自然給人類敲起警鐘了，如果我們還不醒悟，到一天，結果只能是全球的慢性自殺。說到底，生活儉樸，總是美德；如今可見，這更可以說是公德了。《論語》這方面的教訓，是萬古常新的。但儉有別於吝嗇，這應該附帶說明。

上述論語的話，在我身上的影響，還有澹泊這一面。我覺得做人固然不必極端到富貴必拒而惟求「曳尾於塗」，但另方面，即使身處富貴，澹泊之志總應持守，這樣才能以富的資財，反饋社會，以貴的權力，造福家國。但無論是富是貴，如果以不義得之，那麼「於我如浮雲」，是要絕對肯定的了。

澹泊不是與生俱來的，是修業進德的長期功課；有些人只能澹泊一時，不能澹泊一生，往往是對長期兩字不够認識和重視。

積極的人生，需要澹泊來平衡，因爲環境不一定可以讓人時刻有所作爲。「用之則行，舍之則藏」（〈述而．七〉）的道理，缺了澹泊，後一半要付諸實踐時，是痛苦的。到一個地步，熬不住，「藏」不住，則可能以不義而求富且貴了。

《論語》給我的影響，和基督教《聖經》一起，可以說相輔相成。本文所說種種個人的感受、經驗和見解，都可以從《聖經》取出金句或段落作支持和互證。

上面只提及很個人方面的一些要點，其實偉大的經典，給我們正面的影響很多，它們不是乾巴巴的教訓，是有血有肉的動人經歷，透過白紙黑字，時刻揚播勵志的馨香。

一九八九年四月二十七日

這香與那香

暖，近熱，於是木棉花開。在這紅噴噴、火烈烈的催動下，所居附近許多知名的和不知名的林木，已先後探頭張口，輕悄地呼出冉冉浮動的暗香了。有時，特別在夜裏，一縷飄來，幾乎可以伸手抓得住。大概是人的動作太粗魯了，它一扭腰，像水，在愛香者的掌上嫣然溜去。款擺間，一逝如夢，沈落在記憶的深洋。

濕潤的南國早春，惱人的是霉膩，迷人的是草木鮮香——那應該是世上最清純的氣息了。它如果不急於整裝隨風遠颺，總會默默依人，在髮間、在眼底、在鼻端、在衣袂。香依人，人依香，那是何等的清福！難怪王荆公在政事之暇，還得「小立佇幽香」，而傅咸〈芸香賦序〉，有所謂「有靚斯卉蔚茂，馨香同遊」的美言。不過，《抱朴子》所云「人鼻無不樂香，故流黃、鬱金、芝蘭、蘇合、元膽、素膠、江籬、揭車、春蕙、秋蘭，價同瓊瑤」這句話，到了今天，卻另有講究了。

最近，筆者才領會，人的鼻，至少自己的鼻，並不是無條件地「樂香」的。

事情的起頭，是人家好意惠贈的一塊名牌香皂。既云名牌，一拿到手馬上啟用，不但顯得不夠意蜜情濃，且近乎不敬了。於是，珍重保存了幾個月，直至欣賞到感慨繫之，才和它生發肌膚相接之雅。這段日子，整個洗手間，一天二十四小時，芳香縈繞。開始時，每念世上多少地方浮泛的只有煙硝彈藥味，自己心下不免歉然，後來鼻神經和腦神經漸變麻木，乃覺天地蒼生，似乎在嬌嬌細細的香薰下，化作幽魂幻影了。

一天，鼻癢。用手指擦香皂一洗再洗，直到鼻內所有塵俗以至大小閒雜細菌，都給皂液和清水掃除殆盡，全人才感到舒暢。可是，該去的固然去了，不該來的卻來，甚至委身安頓下來。來來來，香氣來；在在在，香氣在。它比侵略軍更頑強，居然在鼻孔內作長期駐紮之計。它，那香，時刻透過鼻神經，告訴我永遠依偎的濃蜜信息。唉，苦哉，原來無時不香、無處不香的日子，竟然是這麼難堪的！唉，糟了，跟可愛的人相聚，有這香；跟可厭的人相碰，同樣有這香。世界事物的統一，再怪異也沒有了。

古書早說過，香臭本來都是一個「臭」字。我如今，實實在在經歷這件事了。鼻裏盤鬱不去的香皂獨特味道，一天、兩天、三天以至一週，頑強如故，結果成爲惹厭物，就如屈原所怨的變質蘭芷一樣，我用水灌洗，用他種肥皂濯洗，用熱法、冷法，總之，全然無功。

平白得了一個香鼻，已覺無功受祿，而想到今後世上種種味道，進入自己鼻觀，會經香皂威力的洗禮而一律平等，更覺不寒而慄了。我總認爲，把玫瑰園和糞坑的氣息並列上品，就像是將耶穌基督和巴拉巴看爲同類死囚，這是莫大的罪過！

妻子說我心理作用。她似乎採取了詩教溫柔敦厚的主旨，婉諷我之所以處處聞香，無非自作多情。

心殊不樂。想一想：名牌香皂之害我，亦云慘矣！柳惲〈詠薔薇詩〉歎曰：「不搖香已亂，無風花自飛。」對此香亂花飛的煩心事，他能「且對清酤湛，其餘任是非」，但我乃梁氏子，不是柳家郎，沒有他那點超曠的本領，何況酒又不會喝，怎能「任是非」呢？

自命文明的人，在無計可施的可憐景況下，通例是看醫生或進醫院求救助的。

做醫生的朋友在電話說，我巧遇過敏症，但雞毛蒜皮而已，因爲，它，一不致命，二不斂財，三，和自作多情，天理人情或太上忘情都沒有關係。總之，沒事的！要吃藥，多的是。不吃嘛，與香同在，吸它一個飽，任它賴下去十天、二十天或三十天；聞香不怪，其怪自敗。

既然如此，乃謝絕膏丹丸散，而鼻端的頑香，再過數天，果然不戰自退了。

如今鼻神經運作回復正常，香臭在臉孔正中兩條通道過關，分別受禮遇和不禮遇的接待。這點道理很顯淺，因為如果一律平等，就對不起嗟嘆「芳與澤其雜糅兮」的三閭大夫，更有負早春的南國林木了。《家語》載孔子的話：「芳蘭生於深林，不以無人而不芳，君子修道立德，不為困窮而改節。」是的，世界如果像個樣，人心所趨，不是名牌的什麼，而是大自然謙謙冉冉，幽芬而不霸道的清香。這也是君子修道立德，裨益人類社會的不朽之香。

一九八九年四月七日

攢盡眉千度

惆悵留春留不住，欲到清和，背我堂堂去……
更被閑愁相賺誤，夢斷高唐，回首桃源路。

杜安世〈鳳棲梧〉

這十多年來在香港，看到不少適齡結婚的男子一直昂然、歡然獨身，而年紀相若的女子，卻老是闖不進婚姻註册署的大門做主角。她們默默告別了三十五歲，無奈地，像拉伕來的兵，朝四十硬著頭皮挺進，接著木然拖步過此大限，至終在四與五之間困頓、依違。在這長達十數年的歲月，她們有力裝瀟灑而大不瀟灑的，有略裝瀟灑而不大瀟灑的，有不裝瀟灑而破口大罵的，也有不款擺瀟灑而眞瀟灑的。上列諸仕女，後者頗近義山詩句「已聞珮響知腰細，更辨絃聲覺指纖」的境界，具疏曠閑貞的意態美。其他數類，似可在心思、言語、舉止上，更多求雅善。

從生理和心理方面著眼，男女結合，從人之初就是人之需，但其重要比不上衣食住行。事實上，不結婚絕非一定生理和心理兩虧損。人生會略有差欠是眞的，但人生不完備的事甚多，不便強求時，只好隨緣而轉往欣賞和享受其中美的一面。因爲，眾所周知，世所謂完備者，無非相對的講法，也即不離缺憾。由此可見，缺憾本身，自然有潛藏的美了。具體而言，獨身有好處；要列出三四樣，幾乎人人皆能，所以不用細表。

但從正面看，如果環境合適，結婚之險，還是值得一冒。保持頭腦清明，小心「下水」就是了。可惜如今硬綳綳的死結，往往在許多男士不熱中家室，或推遲結婚，而稍有身價的，又刁鑽可惡——例如好幾位敝戚友，從二十幾之年轉入三十餘以至拖進四十多，一直以獨爲樂。他們並非矢言「守寡」，乃是選對象惟靑惟俏，還要其他的這這那那。我身爲局外人的，都覺生氣，更爲女人不平！不平，因爲按個人體會，世上的淑女比賢男多得多。也許是生理關係加上男性的優越社會地位，許多男人獲機會蠢動時，不時會在外頭細栽閒花野草。乖得像哈巴狗那些，則往往只是伺機而難動罷了。男人的蠱惑，還在要弄文字。比如說，女人不檢點，他們齊口罵下流。他們自己越軌，則尊稱風流。流流不同，而風流者，男人歡呼曰，美事也！他們之中稱爲文士那一群，許多更認爲風流是他們的天職，若不履行，則有失身分了。早在明末，方文講作詩已經老實不客氣宣告：「其中妙訣無多語，只有銷魂與斷腸。」要銷魂，風流尚矣，但這件事，女人敢？

男人這種動物，既然大多不屬安份守己依偎家園的植物，而又心思腳步流竄像流寇，女人要跟他們交手，大難！君不見，多少給男士拍掌叫好的待嫁者，所欠的就是異性發放過來的一個「娶」字。更傷情的，許多自命才貌不弱且鮮花頻湧上妝臺的女子，看眼前男士簇簇，只是鱔魚，滑不留手地自來去。恨事如雲，大半罪在男方。他們的口像郊野公園般沒遮攔，而又偏愛長蕭艾，所以他們破空而來的稱賞，或者像大西洋暗潮那類起伏不斷的蜜意，少有信得來。鼓掌和話語，沒有進一步實據的支持，美麗的旗幟而已，不能取來作衣服穿，連做抹桌布或揩手巾都不行。

但話說回來，事情並非女必正而男必歪的。男人之所以跟女人要無賴、講假話或望望然而去之，許多時由於恐懼心理。例如有一位頗有代表性的女士，她最近開列條件，暗示異性若放馬投懷，請備金錢、名聲與愛情，此外還得不時跟著她來點浪漫的，不與時人同夢的文藝玩意。唉，基督降生時所獲的三份禮物：乳香、沒藥、黃金，是三位博士分別呈贈的，前述那位小姐，盼望一個博士帶同三份人生大禮，不也難倒異性乎？何況還得酌加與愛侶及大自然擁抱打滾的本事和雅興？這個時代，塑膠、鋼鐵、三合土森林、快餐在地面，臭氧層穿洞在天邊，歌德、拜倫、普式金等人物何處尋？即使像新星球那樣竟也熱辣辣地爆出一個，但好女子嫁得一名歌德、拜倫或普式金，結果不免神經衰弱，除非撿個老歌德。但歌德老來，所欠惟一死之外，就是要人替他做飯、洗衣，以及大陸同胞愛說的「搞衛生」，浪漫云乎哉！

多唸了幾本書的老、中、青待婚嬌娃，在類似古人「雲母屏風燭影深，長河漸落曉星沈」的不眠之夜，愁編彩夢，暗悼華年，是很值得同情的。假如我是上帝，今代第一件大工程，是創造一批雅、正、名、才、財兼備，且翩翩高如月亮又不離軌道的超級好漢，藉副各等淑女之盛情。但我非上帝，上帝又安息了，而男人的世界和世界的男人，不堪如故。因此女士們除了自求多福或修改理想，別無他路。不過，像橫財，絕美的理想，也可能霎然輝耀的。

辛稼軒〈青玉案〉一詞最動人的，就是那點理想乍然呈現的驚喜。且全錄之：

東風夜放花千樹，更吹落，星如雨。寶馬雕車香滿路，鳳簫聲動，玉壺光轉，一夜魚龍舞。蛾兒雪柳黃金縷，笑語盈盈暗香去。眾裏尋他千百度，驀然回首，那人卻在，燈火闌珊處。

詞的上闋歡樂無限，宛似大好青春，但轉入下闋，一切卻在笑語餘聲中消逝。當事人經過不知多少或明、或暗、或貞、或幻的追尋，至終在幾乎絕望的一刻，得償素願。聞一多作品〈奇蹟〉的末三行，是現代人給〈青玉案〉的極佳注腳：

我聽見閶闔的戶樞砉然一響，傳來一片衣裙的綷縩──那便是奇蹟──半啟的金扉中，一個戴著圓光的你！

這個注腳放在本文，比稼軒詞更傳點入神、入理、入現實。它說明理想如果出現，畢竟，是奇蹟。歷史也雄辯地證明，世事大致是冷峻的常規而非溫馨浪漫的奇蹟。「閶闔」、「砉然」、「金扉」、「圓光」，唉，此景只應天上有，人間那得幾回親呢？此所以聞一多在愛情事上很現實，甚至平凡，而在看似平凡中深得其中的眞蘊與眞味。這是頗能提供典範給新一代男女的。徐志摩則不同。他，以梁任公的話來說，追求「夢想之神聖境界」，結果應了新會先生所言，「生意盡矣！」

梁任公有更精粹的金句，照亮我們後世癡兒女的蒙昧：「嗚呼……天下豈有圓滿之宇宙……當知吾儕以不求圓滿爲生活態度，斯可以領略生活之妙味矣。」

人既然不是只求食色的禽獸，在任何事上，都可以懷抱，甚至強調理想，但與此同時，必須融入現實而接受環境的修削。和環境誓不兩立也可以，但要準備恭迎無奈的結局。有此明澈如秋水的認識和決斷，才能不在林長民所說「萬種風情無地著」的心境下悲苦糾纏，才能無怨無憎，不酸不辣，進一步溫雅地、靜定地、對理想一往情深地，渡過人生大海，待躍登彼岸之後拈花微笑。

（一九八九年五月十日）

明翠幽蒼

四年前，有九度春秋，給我在香港中文大學第四苑送走。那邊的住所，卓然聳立在萬木之上。從窗戶望出去，不論平瞻或仰視，都是天空，所以對於雲的白、灰、黑，以至朝暾晚霞的彩麗，無不一一攝入感覺神經深處。雲上面，不論白天的淨藍，或早晚時分的沈黑或重紫，同樣銘心刻骨了。

說到綠意迎人，在那段日子，非下樓無由認識。如今呢，環境完全不同了，公寓外頭的綠，如甘露，醉甜地滴到窗前。它從山上油油下流，德澤是廣佈的。這點大自然的恩賜，前時已叫人欣喜，四年後的今天愈益豐美，所以更令人讚賞了。

最搶奪視線的顏色，燦然見於仲春雨後新晴的日子。現在就是！

周圍的鮮碧，像浪濤，洶湧入戶。這是下凡的仙界靈波，功在潤澤飄舉而絕不窒息淹沒。你感覺它會滑過手掌，軟軟的又縈繞指尖。時或掀動頭髮，穿越絡絡而毫無障礙。缺了它，恐怕光陰在人頂上漂灰染白的功能必定更顯著了。難怪古人譽美髮爲綠鬢、綠雲、青絲，箇中道理是頂多的。大自然的綠，無論如何是最美善的護髮素了。它何止滋潤靈魂！

古人溫庭筠在〈錢塘曲〉說到錢塘岸上春色如織的日子，道「碧草迷人歸不得」。在〈偶題〉，又說「草色迷人向渭城」，但其實「迷人」之迷，是沈醉。那個醉，境界是半酣；所以綠意，和亂性的紅情有別。它的味道悠長，是活水源頭釀出的，不涉人工的刻意發酵。唐朝名臣裴度在時不利兮的日子罷相，之後建別墅，號爲綠野堂，可說深有體會。綠而野，大自然的氣息才够深厚，就如低昂在我眼前的窗外群綠，它在某些地方，卻又沈沈幽黑，似乎林木茂密處，要著意提供明暗的襯托，好讓一切欣欣然舞手踢腿的幼枝，盡量唱出它們最耀眼、最嘹亮的新翠。割得陰陽動心魂的對照，在清晨。當朝陽斜斜地抹染而下，人間的富麗，就不是金銀珠寶了。它喚起山上山下處處萬枝萬葉的老蒼和嫩青。這些承載光明的豔綠，亮得晶瑩，和樹叢中翳翳陰影所呈現甜軟豐膩的暗黑，合成溫庭筠稱道的「林彩」（〈春日〉）。二者低語，笑呼應，聯手烘托出大自然藝術配搭的至善。

交織得密如錦繡的枝葉，如果忽地一搖頭、一招手，或一擺腰，那是松鼠飛躍過路無疑。南國的松鼠，綠染了，雖未至通體生翠，倒也和大小枝葉分顏色。牠們會怪語喃喃，也會憤語吼吼。有時，不管是黃昏還是午夜，更會發夢囈，或吱吱一兩句，或格、格、格、格幾聲，總是心潮。

松鼠在樹叢中上下左右奔竄，手足的迅捷，超過猿猴四肢的本領，不過牠們的生活，看來並不瀟灑，更不浪漫。牠們從日出至日落四處辛勞，目的無非求飽腹。果實果仁找不到，則嫩葉樹皮無所不咬嚼。有些樹木生機不盛，很能夠說明松鼠覓食的艱難。

鼠鼠之間，是不合作、不互助的。牠們各自營謀，最精於恃強凌弱，又因小氣嫉妒且貪得無厭，所以打鬥是天天上演的。我曾買花生米餵牠們，然而，結果總是飽了一兩隻兇頑之徒。幼弱的，只有蹲在枝頭苦候，卻無從分得一杯羹。更可惡的是，餘飫滿腹的惡棍，得便還要向又餓又小的追咬。那種蠻性的慘酷，令人髮指。本來這是鼠界的鼠事，我們那能企望牠們會「君子尊賢而容眾，嘉善而矜不能」？不過，看著松鼠，不難想到人，特別中國人，尤其是移民外國的中國人。眾所周知，炎黃子孫在異地，最拿手好戲是欺壓、剝削、明爭暗鬥；似乎人人都練就松鼠功才渡洋闖天下的。日本人卻相反，他們學的，是螞蟻功、蜜蜂功。唉，說遠了，傷矣！但松鼠到了夜間，總會和平共處，這是人不如鼠的地方。

夜，尤其深夜，就讓我們不擾松鼠清夢吧。

夜，特別春夏的深夜，眞惹人凝佇屏息虔禮的，是林花的微芳。

中文大學夜裏暗香浮動的大路小徑難數盡，但必須披衣下樓才方便尋此幽興，而出門無可避的，是不饒人且殺風景的汽車。那邊的校園住客，已愈過愈文明，絕少勞駕兩條腿走路，結果污染空氣之外，堅決與大自然的無價晚香爲敵。可幸如今自己的住處，車馬不臨，而暗香匪遠；梭羅樹、石筆木、大葉合歡……這些喬木所吐發或白或淺黃的小花，不是牡丹、玫瑰、芍藥一類。它們亙古以來，不忘記人間密契，夜裏默默揮袖，柔婉送輕芬，踐有心人的清會。

黃庭堅大概襲杜甫的「稀疏小紅翠，駐屐近微香」，寫出他的「小立近幽香」（〈次韻答斌老病起獨游東園〉）。此外，他在〈戲詠高節亭邊山礬花〉的第一首又說：「北嶺山礬取意開，輕風正用此時來，平生習氣難料理，愛著幽香未擬回。」先後引詩，不離幽香。王安石則別有懷抱。他先下手爲強，早早經營了「俯窺憐綠靜，小立佇幽香」（〈歲晚〉）的佳句。荆公雖然高踞宦海浪頭多年，而且是政治革新的健將，但其感情之細膩，在大官中卻少有可比的。他筆下的「佇」字，實在是內行人語、慧心人語、虔敬人語，若非深受「已聞珮響知腰細，更辨弦聲覺指纖」（李商隱〈楚宮〉）及同類文辭的薰陶，一定難臻此境。誠然，良夜幽香，不是靠「近」攫取的。「近」，只方便人作無情的毀折；「愛著幽香」的「著」，也不免帶主體侵略性。二者，即使以老杜作後盾，總欠缺深婉與精微，但「佇」，卻是雖熱切誠摯而不強求，順應天時而不冒進，境界當然更高。我自己在寶雲道下居住了這幾年，很能印證這一點。恭候大自然的垂顧，吸攝大自然的訊息，若非棄絕鄙魯粗烈，若非情細意密而佇立、佇立、再佇立，怎能有所獲？靠征服駕御之力霸取的芬芳，只是百貨公司裏頭化妝部門所賣的香水。

林木的清芬，最懂得徹透的，應該是時鼓翼時棲遲的大小飛禽了。我這一生，從來沒有像最近四年這樣和雀鳥相熟相會心。窗前一二丈之內過眼的，算起來起碼有七八種。胃口奇佳且不拘食物好壞的烏鴉與麻雀不太多，因爲牠們一般不樂林木，只顧營生在膳堂或垃圾站四圍。飛鳥有意惠臨舍下窗前憩息的，似乎多屬落落幽獨之士，例如喜鵲、八哥、畫眉、相思等。牠們默然凝睇，深明大義地知道在人家書齋或廳房外面，歌喉是不便開腔的。喜鵲是快樂的鳥，牠們不時在屋頂三五成群，鬧叫得融融洩洩。牠們的興致像浪頭高，所以大討中國人的歡心，在名字「鵲」上面，獲封「喜」銜。其實烏鴉和牠們，容貌，至少是毛色，相差不了多少，但烏鴉卻長期受盡敵視。牠們嗓子嘶啞和發聲嘎嘎當然是主因，除此之外，只能說命生不辰了。不過，這極其量是我的見解。牠們自己，倒是悠然得很的。牠們天天執行超乎清道伕的任務，把所見的，殘飯棄菜也好，腐魚霉肉也好，一律席捲入胃。如此爲人、爲我、爲眾生的偉大環保實踐家，其實理合立作社會楷模，可惜地球上似乎只有加拿大的黃刀市（Yellowknife），才給牠們以市鳥的尊稱。大多數世人的膚淺與愚昧，亦可歎也！

畫眉和八哥要賣弄歌喉，多半先遠離窗口飛上樹梢。這樣，不論卓立在清晨、日午或黃昏，都方便揚聲遠播。這二者，是廣東人屬意鎖入鳥籠的對象。要是抓到八哥，更殘忍先行。一下手，剪短牠們的舌頭，然後逐步教以人語。弄鳥者有林間枝頭鳥弄不欣賞，而偏偏要在人聲沸騰、人言可厭的世界，增添靠暴虐壓成的鳥式人語，其手辣心狠志卑意鄙行劣氣歪道邪，亦，可怒也！可鳴鼓而攻之也！那種鳥式人語，陰陽怪氣，既沒有內容，也沒有熱誠，更遑論傾心吐意！這一切，正是被虐、被害、被迫、被誘而成爲如此這般的。有心人見之、聽之，難道不嗞嗟興感、義憤塡膺或泫然落淚？

說到畫眉，牠們如果不幸被捕，雖然可免斷舌之苦，但一樣困頓在籠中，不生不死地以賣唱博取每日的飲食，以至一天身衰、曲殘、聲盡、氣絕，乃給人扔進垃圾桶了事。

相思雀小得玲瓏絕俗，通體碧翠而微染嫩黃的淨鮮。牠們是出名的歌者，細潤的淸音是悲風加流水，點點音符，都觸動愛憐。然而，不，就是有人不愛憐！相思的命運，比八哥、畫眉更壞，因爲不少大人小孩千方百計要捕捉的，正、正、正是相思！唉，相思這個中文名字太淒甜了，以至英文的 White-eye（白眼）和學名的 Zosterops japonica（simplex）顯得荒謬。相思無價，小雀有情，但人類絕不放過牠們的。每逢伏案窗後，而忽然潛意識直覺窗外一閃明麗，我知道，那是，相思了！一見相思，不免思想，怕這眼底綠嬌，不知什麼時候會成了某紅絲鐵籠的死囚。相思，亮麗而弱質纖纖，無能一飛戳破高空的蔚藍而盡拋塵刼。牠只能在人類魔掌縫隙中，靠竄躲謀存活。相思小小，最攪動凝睇者的心波。這怎不教人傷懷，怎不教人易老？

高枝上或林葉間清越的或細碎的鳥音，不論長曲短製或快板慢調，入耳的，都是怡人的自由聲。「始知鎖向金籠聽，不及林間自在啼」，這豈限於歐陽文忠公的詩語，更是歷世歷代千萬心非鐵石之人的歎息和讚言。

同是美豔，藍喜鵲的命運比相思的好多了。橙紅的喙、眼、腳，配以一身熠燿的灰藍，羽翼和尾巴盡處，則藝術地，凸出黑白配搭勻稱的斑點，而胸前上下耀眼的，也是黑白二色。此外，近三十吋的全身，長尾巴佔去至少十六七吋。藍喜鵲，如此莊雅璀璨，像披上大禮服的貴胄，牠一出現，總叫人驚讚之後屏息合十，不敢輕慢，更不敢褻瀆。愛聽歌的惡漢，也不會加害藍喜鵲的，因爲高貴堪比皇后的豔禽，不是歌星。牠的長尾巴，塞不進普通的鳥籠，何況牠從不自甘慵懶，輕易會駐戀低枝。

藍喜鵲在九龍半島較少見。牠們最喜愛的，是港島這邊的山腰。所以，敝寓窗前，牠們是常客。無言無語，儵然來，儵然去，牠們在樹梢上，永遠文雅莊重且風度翩翩，正像富貴人家少數有教養的子弟，不但不沾紈袴惡習，更飄舉若神仙中人而不乏仁愛博施的赤誠。拙文〈鵲愛〉（刊一九八六年十月二十九日《聯合報》）頗有記述，不贅。

窗外會飛的，除了雀鳥，還有數不盡的昆蟲。蚊、蠅、蜂、蝶、蛾、蟬之外，蟢類、瓢蟲類、天牛類、金龜子類的生物，共同營造一個茂草密林的外寂靜內熱鬧的世界。所謂內外，當然是發表人類感覺的人間語言。大小昆蟲的心思意念，如果有，未必是這樣的。可能，牠們白天忙碌覓食、育兒、求偶、建居、爭鬥，而夜裏有防襲防鑽的憂慮，以致少有像我們人類那樣擁被酣睡的甜福。用句爛熟的話來說一件雖熟而鮮的事實，就是每當螳螂捕蟬，誰知沒有黃雀在後？

螳螂是值得稍費筆墨的。牠們是飛與不飛之間的兇物。兇，因爲口齒之利和消化力之強，助牠們無物不咬，結果，幾乎無蟲不吞。大吃大喝到一個地步，交配時，雌的可以不屑沈醉，卻扭過腰來把覆蓋己身的伴侶一口嚙死，然後馬上把對方的頭頸消化。雄的雖死猶生，因爲傳宗接代的大事繼續進行。牠雖然無頭無頸，但精神不衰，精力不竭，在雌的身上，據生物學家說，尚可以維持男歡女愛達十九小時之長，末了才頹然一傾，跌落地面，讓頭頸以下的全部螂翅、螂腿、螂尾、螂屁股、螂腸胃，都給露水姻緣結合的異性，一古腦兒吞作補品去了。個郎如此爲性愛顛倒以致爲性愛殉身，不知道應該謚爲淒涼、頑豔、悲壯、恐怖還是偉大，也不知道是否能為那些愛與暴兼嗜的男女，提供若干革命性的參考資料。反正，螳螂是少數亂我心懷的昆蟲中，最具攻擊性的。集殘酷和蠻勇於一身，於是有螳臂擋車的盛事。該說牠可殺還是可憐呢？

以往我在中文大學的公寓，窗戶全鑲金屬紗網，外頭的昆蟲，即使勇如螳螂，也咬不進室內逞英豪，但如今的港島居所，有窗無紗，和大自然的關係，密切到就如王荊公所云「尋幽觸靜俱成興」。但興則興矣，昆蟲之輩，有時是牠們興起而大舉入侵，於是也會製造騷亂。這些小寶貝，東爬西攀者有之，低昂飛躍者有之。自己驚訝之餘，頗悔當年不念生物學系的昆蟲科了。

妻子和我，除了給蚊、蠅、蟑螂三樣定下殺無赦的嚴峻法例，對其他種種，一律慈悲為懷。不論牠們是心術不正企圖做帝國主義者來開闢殖民地，或心清意潔，只不過頭腦昏昏誤入梁家，誤擾良民，我們照例助牠們出境，送牠們返回蔭蔭綠陰的家鄉。遇到半死不能救活的，立刻人道毀滅，免得牠們一直輾轉於奈何橋畔。但有些小生物，眞可憐，牠們入境後求職無門，求生無計，而又沒給我們發現，於是日夜在室內上下而求索，比三閭大夫披髮哀吟於汨羅江畔更淒酸。末了，當然斷氣！力衰神疲餓癟後寂然而去，等於瘐死牢獄，想起來眞覺可憫。

窗內窗外兩個世界，近在咫尺，連海關、移民、警察等關防也沒有，完全是互通的；但另方面，又是不通的。鳥語蟲鳴，我，完全不懂其中的訊息，更遑論深意，反之亦然。兩個世界，就是各自成爲對方的疑團，又各以己心測對方的心，如此而已。有時自作多情，有時怨憤得無聊，都不難想像得之。

有一件事是肯定的。以往在中文大學，接受大自然那一份，是超曠、開闊和雄壯。雲、山、海、風，處處是宏觀世界。轉來港島的嶺南，大自然不再高大遙遠，竟是盈盈、款款，堆捧上眉頭，又散落內室。它小到一個地步，無非是搖曳眼底的綠葉，或一隻誤闖書齋的蛾蟬。微觀世界不容粗聲大氣，它會無色無相，除非我們以千斛蜜意和萬縷柔情，也盈盈款款地延佇、靜觀和關注，也許還加上融匯和縈念。

我們中國人有一個傳統，就是揚宏大而貶深微。「星垂平野闊，月湧大江流」，好！「玉露凋傷楓樹林，巫山巫峽氣蕭森，江間波浪兼天湧，塞上風雲接地陰」，更好！「天臺四萬八千丈，對此欲倒東南傾，我欲因之夢吳越，一夜飛度鏡湖月」，有點不實際，但也不壞。「蕭灑傍迴汀，依微過短亭，氣涼先動竹，點細未開萍」，細碎，不佳。「賈氏窺簾韓掾少，宓妃留枕魏王才，春心莫共花爭發，一寸相思一寸灰」，男女之事，陋！「已聞珮響知腰細，更辨弦聲覺指纖」，呸！情、愛、纖、淫、鄙兼備矣！

其實，人若不辨深微婉麗，所懂的博大宏壯，一定十分有限。反之，只隱居西湖孤山，局限「疏影橫斜水清淺，暗香浮動月黃昏」這類小美的，也難免近視日深了。大與小，好像陰與陽，無論如何是相輔相成的。我永遠忘不了中文大學的歲月，魂夢中的天高、雲壯、山健，是無盡的氣之本、力之源，但嶺南學院這邊的繁綠幽陰，一葉、一香、一鳥、一昆蟲的細細纖纖，又豈能去懷？布力克（William Blake）的名言忒是名言：「一沙一世界，一花一天國，無限握掌心，一刻即永恆。」歌德巨著《浮士德》第一幕第十四場，主人公浮士德的林中獨語有幾句話更動人了，且大膽按泰勒（Bayard Taylor）本另作新譯如下：

你以自然為堂堂大國作恩賜，
又給我感受和欣賞的心思。
你讓我靠著她的深厚胸脯
凝視，猶如倚身摯友的懷抱。
……
你帶領大小生物到我眼前，
教導我認識自己的兄兄弟弟

在天空、靜林或水邊。

誠然，大與小，何嘗是所謂「格高」、「格卑」的必然標誌呢？大與小，壯與纖，合而賞之、味之，相信無物不助我們活得更好、更美、更近仁、近道、近愛、近菩提。是慷慨激昂，因而「大鵬一日同風起，扶搖直上九萬里」，或摧心瀝肝，密鎖重關而「春蠶到死絲方盡」，都無傷。只要游於兩極而盡得其中滋潤智慧的甘露，合自然的宏大與纖微而融成一心一體一氣，到某日某良時，自然有望能欣然進入心經所謂：「依般若波羅密多故，得阿耨多羅三藐三菩提。」是乃渡過生死海，不濡、不染、不塵、不慮而登彼岸，與眾善拈花微笑。

一九八九年七月

鎂光一閃的迷離

年華世事兩迷離

譚嗣同〈除夕感懷〉

照相這件事，曾經氣得我死，煩得我死！

那年，要換新護照，當然需備新相片。記得有關部門那座大廈，有小店打出巨型招牌，說是專門辦理護照相片的，十分鐘起貨。如此神速，對之不動心就枉爲現代忙人了。於是，一下車，自動對焦地，往那角落直奔。

兩個人來服侍我。一個忙於左搖右擺那座四腳老照相機，另一個則左移右弄我的坐姿。接著，後者舉起一塊約三尺的長形白板，不由分說，往我懷著一塞。「雙手捧著！握緊！不要動！姿勢不可變！」命令既發，怎敢不從？但吃驚像吃辣，令人不禁熱呼呼而汗涔涔矣。當下那個場面，又完全是大陸開群眾鬥爭大會的情形。我，當事者，雖然板子沒掛在頸上而頭顱不必低垂，但聯想之下，已够心寒膽戰。我抹了一把汗。攝影師大吼一聲：「不行，那塊板歪了！」

我求情道：「不要這塊板好不好？爲什麼……」

「不行！這樣捧住！緊緊的！不要動！」

再流一身汗，但阿彌陀佛，相到底照了，而且，依時交貨。我一看，那塊捧過的白板，在相片中成爲一長長的白條。「就在上面簽字就對了。」攝影師完全是內行人，精通護照相片規例。

付錢後走出店門，細看那幾張玉照，幾乎令人駭絕。那攝影機顯然是未來派，高瞻遠矚，似乎把我十年後該有的儀容描畫出來了。躊躇再三，不想老得太快，乃決心往「高尚」地區再找攝影店，因爲深信錢能買得準確的臉相。

啊，到底有了。皇天不負苦心人！

這一間，佈置清雅，價錢貴得不雅，但主人的殷勤，叫顧客深感物有所值。於是，決定投身這宗買賣。

店主的攝影師，可眞忙。他把四五盞熱亮亮的水銀燈都開了，然後忽明忽暗一番，又正側仰俯一番；接著，把我的臉看作藝術品，左端詳右欣賞過了，一下拉前，一下按後，再指導我作上下高低多次似笑非笑的臉皮實習，才「OK」連聲，給我照了三回，大功方告完成，費時約四十分鐘。可幸這次冷氣機加入助陣，而店主既細心又溫柔，顧客乃汗出不多，且近乎神閒意定。

兩天後，三張底片選定一式，再過數天，傑作到手。一看，令人呆了。和上次的比較，這一趟的影中人，看來像比我年輕十歲當電影明星的弟弟，假如我眞有這樣的弟弟。噫，亦神乎其技矣！

自忖，前數天老氣橫秋，今天年少英俊。兩款近照，主角相差二十年，我這個中間人，如何是好呢？

家中的妻子說：「誰叫你跑到那個地方照後生相片？那是明星藝員光顧的一間，很有名氣的。」我黯然，我解說，她釋然，我依舊黯然，甚至廢然。

難道還要出馬出城再作第三次冒險？最後還是由她拿定主意，就用俏的那一張去申請新護照。學術界中人，例多呆頭呆腦，不精不明，當然只有聽太太的話。

新護照領得順利，但用起來有一兩次倒不那麼開心，因爲有些國家的移民官，心細如塵，他們精驗護照又瞪住我，乃滿懷明人施武詩句所云「相見令人愁，何如不相見」的爲難了。我呢，給他們擱住，惟一的感覺是周邦彥〈醉桃源〉詞內的三句：「情黯黯，悶騰騰，身如秋後蠅。」事後思已過，深悔愛俏的不該，但也深自警戒，以免心理失衡轉頭愛老而結果心歪邪、貌鄙俗且滿身小人相。

護照又快要換新的了，所以月來特別留意《大學》一書裏頭正心誠意的教訓，盼望照相時準準確確，不會照出極端來。可是，又覺得難，因爲書上明明說：「身有所忿懥，則不得其正，有所好樂，則不得其正，有所憂患，則不得其正。」事實上，這些日子，滿耳滿眼都是屠城、逮捕、威嚇、虐待、鎮壓、斬殺的消息和實景，有幾個人能不有所忿懥、有所好樂、有所憂患？如果能，那是修煉到家，實在不必再住這世界，更無需護照，乾脆升仙好了。

苦思及鑽研之後，乃知心正意誠，最多能培養點君子之德，但絕非照出準確相片的保證，而高級照相，更會化腐朽爲神奇。老年變中、中年變青、青年更青，那是小事。最偉大的，是殺人不眨眼的執政掌權者，俱一臉慈祥，人人有佛氣，叫你讚歎天生聖哲和救世明君，都因緣際會，完全生於、長於、大展鴻圖於一九一七年之後這個地球。

觀社會主義國家領袖的照片，不能不驚訝其中的奧妙。例如，明明出自同一底片，但印出來後，照片裏頭的同志數目，卻不一定相同。有時候，毛澤東背後有高崗、劉少奇。換了時候，在另一張，高、劉卻不見了。蘇聯那邊，異曲同工。史達林在相片中和其他人傾巢而出笑嘻嘻或英挺挺地拍照時，背後和旁邊，好像攝青鬼滿佈似的，令在某一張多了一兩個同志，而在另一張則少了那個或那幾個同志，而底片一也。歷史如惡夢，按下也罷。且說當今第一號新貴的戈巴契夫初掌大權時，按蘇聯官方所發佈的照片，他的前額光高，未見特色，但外國人所攝那些，戈氏頭上右前方，淋漓鮮豔，是一大片胎痣，頗有被資產階級加油添醬之嫌。但以後蘇聯的照片，卻也不避此「油醬」了，大概拜比利斯特來卡（俄文，重建、再做之意）之賜。或者，按他們的邏輯，胎痣紅色，正好象徵革命、改造、流血或什麼的，總是好意頭，於是轉變政策，作發揚光大處理，亦未可知。攝影與照片，在現世泛濫成災，比洪水更無法可治，害得世人一年三百六十五日，都可能時受心理衝擊而內分泌失調及精神不寧。

照得俏的相片，叫人像張君瑞乍睹崔鶯鶯，「眼花撩亂口難言，靈魂兒飛上半天」。喜和憂一起來，眞是「害殺小生也！」內心這個光景，怎不神經衰弱？照得醜的照片，一看就怒從心中起，再看，音容宛在，疑幻又疑眞，於是搬出鏡子、擺正相片、加上自己，三者互遞眼色無數次之後，遂覺身旁全是無形有意的捉狹鬼了。到頭來，沮喪之餘，只能效崔鶯鶯，哀啼一聲「老天不管人憔悴！」慘！

有時，照相小事，會使人際關係平空緊張，就說筆者的一位長輩吧。他一向以拿手爲親友拍生活相見稱，但近來，頻遭四十五歲以上之人的怨怒，指責他把平輩男女照得老醜可厭，而以近鏡頭那類相片尤甚。他的一個中年妹子，更憤憤難平，肯定她哥哥如今心疲目昏手震腳不穩，才把她的近照弄成張張俱是祖母型人物。「他攝遠景還可以。近景的大頭相，經他手的，人人變老。」她說。事實是，她的近鏡頭相片，把她臉上不青春的種切，連最嬌嫩的一條皺紋，也一絲不苟地公諸於世。明眼人如果審查，可知任何老醜，並非她哥哥精心炮製的。她自己，可能看不見，或不願看見臉上天機的無情洩漏，但既知道「天何言哉」，她是人，乃不得不言、不得不怨、不得不爭了。世上多少恩怨，豈不是因爭論美醜老少等問題而熊熊像秋冬山火的？

人忌老愛少，趨美避醜，應該是天性吧。忌不來和避不來時，怨人罵物以求心理補償。其實，此舉對於保健寧神，完全沒有助益，只會無條件給自己心下那條死愛面子的自欺惡根澆水加肥。自欺進而欺人，又是必然之理。

講到底，任何照相機都很有惻隱之情，絕不至忍心到妄給人添壽，使照出來的主角「霎然成衰蓬」或德高望重的。另方面，它們沒受過美容訓練，本身是機器而無機心，所以不會暗地裏給人打扮得青春常駐。照出來的男女，是白馬王子、公主、鍾馗、母夜叉或別的什麼天仙或地魔，基本上取決於當事人的尊容，而關係重大的，是照相時照相者的心情、姿態、表情以及日光或燈光的體貼或愚弄。光線不對時，即使集西子、南威、宋玉、潘安於一堂，照出來也無足觀。光線配合得宜，它會把人臉上的三尖八角熨平，又會，神妙地，把可惡的大小皺紋，包括眼尾餘波、嘴邊漣漪，鎮壓到它們暫時歸隱。光之重要，可見矣！此所以上主創造天地，第一道命令是「要有光！」而密爾頓傑作《失樂園》洋洋萬言，最受後人景仰的最短最精名句是「萬福，神聖光！」

回想到自身，當年一天之內跑兩處地方照護照像，一悲一喜，全屬無謂。是醜是美，無非緣法會合而已。世人拿著照出來的相片或歡笑或咒罵，也應作如是觀。至於政界紅人，他們照相之外及之後，還得按時勢，命令手下在照片身上作種種上下左右的修正。那已是另外一門專業了。它和原來的照相，最多具遠親關係。用修改照片的伎倆以圖竄改歷史，是愚人偉業。欺世者，自欺之外，到一天必被歷史欺到稀爛！無論如何，照相機本身是公正的。世事歪謬萬千，是人搞的鬼而矣。毛澤東說過：「我們希望這種顛倒是非的時代快些過去。」（〈論聯合政府〉）但他在多方面所耍的戲法，正是顛倒是非。影響所及，直到今天，是非仍不斷顛倒。雖然，是總是是，非總是非，那又不只局限在攝影和攝出來的照片了。

一九八九年八月二十五日

溫哥華之春

不知道是那一位古人說「人到洛陽花似錦，我到洛陽不遇春。」此情此景，無疑是人生一悲。但我，遇春而不花不錦，這諷刺更大了。確切又確切，溫哥華那一年的初春，有的只是凍雨冷雪合成稀爛烏灰的處處髒濕，連半痕清高素雅的潔白或溫情款款的淡紫嫣紅，也拒絕下手描繪大自然的彩畫。現實，誰相信，會荒謬加殘酷到這個地步！

歡然考取了博士學位，但歸回原居地所遇的，是無日不苦寒。人生和時令合拍到這樣完美和諧，還有什麼可抗議？更糟的是，不數月，自己更累得一身錢債。沒法了，不白領時惟有藍領，於是早出晚歸，在一間圖書館做扛書、運書、排書的苦力。嗚呼，博士工人！求職的時候，還得隱瞞自己的學位，怕遭白眼。

工資比做工者更瘦。天天只好在報紙小廣告上打低的主意，盼望找兼職。

一天，唉，到底有了。這裏的一角，要雇「成年人」兼職派報紙。太奇怪了，街上派報的，盡是下午放學後的童子，怎麼搞的這裏強調要大人？

非問一問不可。險也要探。

那位工頭說，市上大報的《太陽報》是「下午茶」，他們的次大報《省報》是「早點」，一定要在清晨八時前送到訂戶門口，所以這份工作兒童不宜，必須由大人擔任。「現在，」他說：「你住的附近就有空缺。你身壯力健，總可以早起賺外快。不幹太笨了。很容易的。」他竟然會看氣色而斷定我的健康和意志。領情之下，我答應賺外快。

在北美謀生像處身戰場打衝鋒，豈容人遲延或中氣不足？我馬上決定翌日開工，是晚馬上修訂作息時間，十一時沒到，馬上乖乖上床了。

絕早就奮力撥開黑暗。五時半，興！喝了一杯冷牛乳，奔！出門之際，完全是勇士赴疆場殺敵的光景。欠錢之道就是如此，自己如果不跟生活肉搏，人家會撲過來和自己拚命。開車頂著寒風、陰雨和天上的凍雲，六時未至，趕到某街某廈樓下。那裏一大堆跛腳卻又神氣萬分的《省報》，冷然靠在牆角等候我的服侍。是報館的人更早就用貨車送到了這個指定地點放妥的。我的任務，是按訂戶地址派送。

苦矣，街道和門牌，多處跟我作對。花園洋房好找些，大廈、中廈的公寓卻害人上下勞頓了。我轉戰的大路小街共六七條之多，橫衝直撞到八時四十分才收工，幾乎趕不到上圖書館的班。

想到工頭說，從六時動手在兩句鐘內無不完事，我沮喪極了！心情比老天爺的臉色更黑。這樣低能，博什麼士？如此不濟，莫非只配求死？

以後數天，由路熟了，竅門多了，腳步加速了，但雖然迎頭，卻沒趕上。比第一天，快不到一刻鐘。

似乎不能再進步了。漸漸的，肩膀和雙腳像上了斤斤鐵枷，而早上出門，衝勁全失，游目四顧，只見人形鬼影俱絕迹的世界，在鐵黑黑的低空重壓下，給予自己的，是慘淡和孤苦。路上，不論是泥濘、是殘雪、是雨水、是冷風、是卑草、是高樹，都一致地，向掙扎求存的人，發無言有刺的嘲笑。說是春，一切還是那麼頑酷、硬塞。「窮途自覺無多淚」，是的，我哭不出。咬緊牙關再奮戰下去吧！但力量似乎給陰凍冷僵了。要「提携玉龍爲君死」，則自揣沒有傳道、闖革命之類偉大理想在腦海或掌上騰躍。

在圖書館一起做苦力的老闆，香港新移民，聽到我早上能賺外快，大感興趣，要求作現場觀察。於是，一天早上，他依時來看我數報、叠報、扛報上車。至此，他凄然說：「我不要跟你去看你派報了，我已經很明白這份工作。你每天大清早起床，這麼冷、這麼黑、這樣一個人，只爲這一點子的外快。唉，你做得到，我做不到。我到底是香港大學的畢業生。」

我點點頭，不說甚麼。呆呆地望著他的身影在灰天灰地中消失，我想，學士悲切，博士又當如何？但沒有時間去傷春了。天邊的微明已漸顯，冉冉流光，好比鐘錶上的指針，會依時扎人背脊，逼人即使顛躓也得向前，何況冰雪的利齒，已透過鞋底，爬上腳掌腳跟嚙咬皮肉了。開你的車、跑你的步、派你的報吧。

就這樣熬下去。但拼殘心力和腳力，也總要將近八時二十分才能竣事。想了再想，看光景沒法子突破了，實在愧對遲收報的訂戶，也愧對自己。於是，打電話給工頭辭職。

工頭很殷勤，是日黃昏親來慰問並挽留。他認爲我只要在技術上稍加改進，早上用兩個小時肯定做得完那一區的工作。他指手劃腳一番，使我信心大增，乃答應繼續效命。

「技術革新是盛舉。主要關鍵在於尚未派送之先，要把報紙逐一捲起，將其中一角揷入夾縫中使成結實的長筒。行事時，向著訂戶門口一拋就功德圓滿。這道招數果然厲害，一經要出，八時十分沒到，全部工作完成。

我的技術日精，派獨立洋房時，已能省去穿越花園的出入時間，只需站在行人道上「擲飛鏢」便妥。揮手處，長筒狀的報紙像導彈飛越花草，拍然一聲，就在訂戶門口一屁股降落下來。派公寓則行滾球法。人只消站在走廊一頭，彎腰垂手把報紙向前直拋，按訂戶門口和自己的距離空間斟酌運力。這項媲美百步穿楊之功，沈潛苦練了幾天，已達到每發必中的善境，自己好不得意！

技術的不斷精進，包括開汽車快而不險，加上個人腳力健勁。要迅捷，車一停，人就躍出街上做野兔。路總得跑幾段，因為在車裏頭不可能把報紙飛送出去。猶記不到三週，我在路上東竄西奔，已是面紅而氣不喘了。

修到此境，七時半不到就派完一大堆報紙了。每天晨跑健身，又有意外收穫的喜悅。老闆聆悉內情之後，感歎說：「你有這點本事，我實在沒有。天沒亮起來練拋擲，還得練跑，怎受得了！」

一天天派下去，拋下去，跑下去，我覺得這份外快還是可以賺的，但鈔票蒞臨時，和原來的打算卻有別。

說起來也奇怪，我名義上由報館招聘，但嚴格地說，訂戶才是我的雇主。他們打電話向報館訂報，報館通知我，並按實際需要發報。我這一方，每月要向訂戶收錢，然後按批發價向報館交報費。賺到手的，是批發與零售之間的折扣。

月之末，我要選定一個晚上去逐戶敲門收報費。我這輩子，從來沒有在一個黃昏拜見那麼多諸色人等的。他們之中，有些好得令人難以置信。比如說，殷勤地請我入屋喝茶吃糕點，交費之外，酌加小賬，送客時，以「報童」（Newsboy）的童禮相待，給我口袋塞幾粒巧克力糖或什麼的，還千多萬謝我每早依時惠賜他們精神食糧。據他們說，在我之前，沒有一個人派得夠早的，甚至忘記派送也有。

訂戶中的大多數，一般都是禮貌地交費、禮貌地道謝、禮貌地說再見。不熱情，也不寡情。另一種人則不耐煩地交費，完後砰然關門，沒講出口的送客語，隱然是「討厭」，或「他媽的」之類。等而下之那些，不用說是無賴漢。他們推三阻四地交費不依時，還要扛出大條歪理，說收入不夠用、政府抽稅太多、明天女朋友生日要買花……等等。還有缺德小人，嘴巴是一再敷衍，口袋是一毛不拔。到某日報紙沒人收，原來人去室空了！當然他們搬家的主因，絕不是爲了避交報費，但既然有機可乘，賴可賴的賬，省可省的錢，總算幫補開銷吧。碰著這樣不法之徒，吃虧的是我這個「報童」，報館是平安大吉的。它每月發給我多少份的報，照收多少份的錢。賬單冷硬，絕不通情的。我細心計算一番，數月來所獲好心人的小賬，塡不滿壞心人逃債的洞洞，自己五中積憤，日夜難消。

百花不管人間的不義、不平和怨恨，已經紛紛爭誇顏色，喧嚷地一天二十四小時宣告，春的確早已篡了冬的位而睥睨在季節的寶座上了。路上處處，一片國泰民安景象，積雪冰水全消。可是春光爛漫，卻老是透不進我的口袋。裏面，可憐，依舊是黑暗的隆冬。原因是，訂報不付錢的加拿大壞蛋顯得日有所增，又偏偏愛跟我結緣。那些公寓客流動性極大。問他們，都說要訂報，到頭來，沒有幾個規規矩矩交錢的，我沒有水晶球，也沒有照妖鏡。這門派報生意愈好，說不定虧蝕愈大了。

到一個地步，我灰心了，我死心了。算起來所賺的幾文外快，抵不上最低工資。如此這般，外快徒然使人不快。

當我把實情和經驗和盤托出，工頭知道我堅決不幹的主意。他歎一口長氣，說盡心中話：「你做了幾個月，比起別人，時間不算短了。很多人做了一個月就洗手。報館政策，要你們派報的自負盈虧，意思要你們個人經營，因爲個人經營才會出全力幹，加上出力收費。假如報館發月薪，派報的老兄不會追訂戶交錢的。這樣，報館早給人拖欠報費拖垮了。報館不冒風險，卻讓你們派報的去賭運氣。沒有拖欠，就是你們幸運。遇到拖欠，就是賭輸了。」

上了這幾個月社會大學的晨課，我的跑步成績可觀，百步穿楊之功卓越，所學到那點商業道理，比念馬克斯或開痕斯的經濟學更實際。但稍窺了這點門徑，我已怕聽「商」字，覺得它一動就傷人，而嚴霜滿身，春也奈不了它何，人情的暖熱，更不値半文錢了。正因著這個緣故，那一年溫哥華之春，自己雖然無意中學就飛鏢、跑跳的絕技，但的確過得不花不錦，只好工餘喘息的時候，效青蓮居士微吟「大聖猶不遇，小儒安足悲」，算是應時序而低奏一段春之樂章。

一九八九年九月二十四日

二人世界

香港買車容易停車難。本人堅持不買，自然情牽稱為「的士」的計程車。此緣既結，像古時的窮書生和某家小姐在後花園密訂終身，相思起來乃訴諸筆墨。這是完全合理的，所以非寫的士不可。更著意的，當然是車的靈魂——司機。

的士之內，往往是二人世界，即司機與自己。這個世界，有時寂寞得可怕。因為，當你告訴前面的把舵者自己的意向，他像聾啞兼備，既不瞅睬，也不回頭，連乾咳一聲都沒有。到達後，你看他滿懷心事，於是好心多加點小賬，但他保持永遠的沈默，連歎息也不回報一聲。

寂寞到冷漠雖然叫人不樂，但其實可圈可點，因為智慧例多從寂寞起家。的士之內，最可怕的，是司機大播流行曲。實情可能是，他不耐寂寞，不忍顧客無聊，或熱心提供音響治療。無論如何，在這小世界內要是一直鬧鬧嚷嚷，乘客除非體內有特粗的音樂神經，否則飽受了一番聒噪的折磨，末梢那些斷掉幾根，亦意中事矣。當然可以低聲下氣，請求司機恩賜點清靜，但給與不給，權在施主，何況連免費音樂也不欣賞，自己難逃不受擡舉的白眼。所以，按本人的經驗與作法，照例逆來順受，到時虔念老子的話：「大器晚成，大音希聲，大象無形」，如此這般，算是上了進德的一課。

黃昏後乘的士是比較驚險的。愈晚，驚險鏡頭愈頻。這不一定指遇賊打刼那一類，而是夜班的司機，似乎勇士特多，而夜裏道路通暢，當然也助長開快車的雄心與壯志。本人寓所，非經若干曲折山路不能達。晚上坐著飛車的的士回家，在座位上忽然左傾，再來右傾，進一步左右亂傾，對於塡飽菜餚的腸胃，頗有幫助消化之效，但有時風高浪急，卻難免惴惴然，惟恐吻山、飛坡、剷樹、撼柱或甚麼的。總要車停了，塵埃落定，腳踏實地，才能舒一口得救的長氣。

或說何必驚魂，請司機老兄或老爺慢開一點不就神閒氣定了麼？但千萬千萬別開口！因爲這有貶低對方本領之嫌。他會更力踏油門，給你示範難度更高的特技，或則義正詞嚴地施教，要你知道，這是香港，只有快，才能多抓幾個錢。你要他慢，等於向他打刼呢！

的士司機並非人人像菩薩，其中也有口若懸河之士。他們最欣賞的音樂，是自己喉嚨所發的音響。你一上車，好，有對象了。到時或講天氣、或談治安、或罵越南難民、或怨香港政府……題材是海闊天空的。一般而言，當然以論政最爲慷慨激昂，而最表現深仇大恨的，是提到交通警察加上有關部門的高官，且辱及他們的母親、姐妹等家族內的女性。惡語之出也，像放爆竹，火花亂迸之外，還煙硝瀰漫。到此境界，做乘客的，即使耳輪轉得飛快，也覺得消化不易。禁止是絕對不可的，否則乘客自己，也難保不成爲對象。解救之道，是沈默地、有意識地加以吸收和欣賞。別憎嫌，別動氣，要因自己有機會學習群眾的語言而慶幸。按史達林論語言的觀點，你應該更欣然了，因爲他說語言不屬於上層建築的範疇，沒有階級性。既然如此，你不必爲無產階級、資產階級等問題而煩惱，在車內留意聽課就是。

上述種種，尚未算「難頂」。最窘人的，按筆者的個人經驗，是前頭那位講員忽然住嘴而發問題：「你說對不對？」車內小小世界，什麼也躲不開。他等了一下，要是聽不到回答，會進一步威脅：「你說對不對？你說！你說呀！」乘客給對方疾言厲色到這個地步，當然可以急發一個「對」字而及格過關下課，但萬一自己不作如是想而作如是說，豈非違背良心？苦哉，逼供也！但誰叫你不幸上錯車，成爲言論自由的專政對象？

有些時候，一上車，卻會成爲隱諷的目標。原因可能是，你情急截車，在街上站錯方位，或者你要去的地方，大不合開車那位老爺的脾胃。

但最恐怖的，是有些邊開車邊自言自語的司機，因爲他可能精神有毛病。跟一個神經漢鎖在一個小小世界，其險可知！

的士司機有哀情派。你一坐定，他以歎氣開鑼，接下去講開車謀生的不幸。接觸最多的主題，不離吃與撒。「唉，你們坐車的，那裏知道，幹我們這一行，吃無定時，過了幾年，沒有一個不患腸胃病，很多時候還加上腰骨痛。更苦的，是人有內急，急起來想撒一泡尿也沒有地方下手。忍到全身震都有啊！」有一回，我靈機一動，向前面的可憐人高聲說：「何不帶個瓶子在車內……」他光火了，抗聲道：「瓶子？先生你眞會講笑話！瓶子的口那麼小，你叫人怎樣撒尿法？」「可是有大口的瓶子嘛！」司機不作聲了。到底他以後是否依我的良計帶個方便大口瓶開車，這點當然無可查考了。

哀情派十分値得同情，因爲一字一歎息，全是實情。香港市內公厠特少，即使看見了，做司機的也未必能停車入內方便，因爲香港的馬路旁，不是輕易給人停車的；有時候，上下車都有罪，一天二十四小時，只准你逐電追風。

的士司機中，不時也有禮貌甚週，甚至言談得體或風趣幽默的。最近筆者有幸，遇到一位，善講「道不同，不相爲謀」之道，暢論當今世界的各類宗教聖戰。問答間，頗獲啟發，益知劉向在《說苑》那句「十步之澤，必有香草」，是名言。

一九九〇年二月二十三日

助理之妙

如今世界，不論公私機構，有時候出現一個玄妙職位，是爲特別助理。助理的意思，毫無疑問指幫助處理公務。但到底助到什麼程度或理到那個地步，往往是局外人不得而知的。至於特別這兩個字，更是玄而又玄。老子對極了，他說：「玄之又玄，眾妙之門。」凡玄必妙，於是大有研究價值。

按《說文》、《周禮》、《詩經》等古籍可見，「特」這個字可作公牛或雄性畜牲解釋，也可以是卓異不凡的意思，如果敬領這個有國粹支持的偉大觀點，當主管的，不妨名正言順、吆吆喝喝地把手下的特別助理算做牛馬，叫他耕田也好、負重也好、拚命也好，都合適。此外，特別助理應該有卓異不凡的本領，愈是三頭六臂愈佳，否則即使助而理之，也不見得特別。

「特」字來頭雖大，但特別助理這個現代名堂和職位，似乎和國粹無關，如果一定要認中國第一而企圖從我們的華夏文明裏頭去鑽挖，「師爺」或「文膽」之類也許庶幾近之，但師爺有地方戲「白鼻哥」的奸佞相，文膽則除了弄文獻策之外，其他方面膽識未必出眾，所以價值有限。惟有特別助理，恍兮惚兮，或助或不助，愛理或不理，是本稱 Special assistant 的西洋貨，所以無往不利而絕對吃香。

老實說，做頂尖兒首長的，不管身繫那一門行業，都應該取直法或行曲道，在預算項下塞入特別助理這個職位，以便招攬妙才。眾所周知，據要津的社會棟樑和國家柱石，豈可沒有得力助手？另方面，世界上雖然有所謂通才兼天才，但無論是誰，最好不要輕易醉陶陶，以為自己一朝發達就成了上述那種百年不一見的人間龍鳳。不如老老實實，直認尚有不逮而抓個特別助理傍身。外人不了解特別助理的職權，也即無從知悉他上司的弱點。做頭頭的，心理健康自然多了一重保障。

如果自己有幸確實是通才兼天才的世界珍稀動物，且裏外檢查過眞的一絲不假，找個特別助理以示本人忙得不可開交，也是提高身價的有效手段，比每週登廣告還划得來。此外，萬一形勢所迫，要安插一位還他人情債、風流債或什麼債的大飯桶，特別助理的職位最恰當了。只要叮囑他除了領薪水、看小報和打瞌睡之外，萬事免助免理就是。

幹特別助理的人，自身既然永遠是一種妾身未分明的流體，如何動靜得宜，一切全在個人和上面那位主子的關係。他如果要你吃飯睡大覺，你卻天天拉長脖子、睜大眼睛並豎直耳朵在他轄下的每一角落作包打聽，則殆矣！可是，另方面，他如果盼望你無所不助、無所不理，那麼非到處生事拚出五光十色不可了，否則他扯個莫須有罪名，要你隨時滾蛋十分容易。事實上，特別助理從編制來說往往是可有可無的，存亡顯晦，在乎那位大頭子的一念。他哼半聲「我醉欲眠君且去」，你可能就完了。

特別助理這職位，既然微妙地和設立此職位之人的情意結有關，做特別助理只服侍一個人，是不言而喻的。大體來說，這一份是優差，因爲忙得死人的工作，照例不推歸特別助理。他經手的事，看似閒閒，但往往外輕內重，且多見不得人，惟有他和主子默契之餘，彼此斜睨作會心的微笑。

《史記》所載蒯通之於韓信，就很有現代特別助理的情味了。蒯通是願意「披腹心，輸肝膽」的，韓信也欣賞這位特別助理的內臟。但到一天，蒯通認爲「野獸已盡而獵狗烹」，因此勸韓信叛劉邦。韓信一聲「先生且休矣」，迫得蒯通情急再勸。但無功之後，他馬上要出最後一招，是爲「詳狂爲巫」。用我們今天的話，他裝作神經錯亂，然後覷個空兒落荒而遁了。這一著棋，對特別助理人士啟發性之巨，和禪宗高僧掄棍敲頭或屎尿潑身無異。換句話來說，在事急時，必須會戲劇化地大發神經，不然狂飈乍起，什麼人事物都會吹上天之後跌個粉身碎骨的。這種戲，人生舞臺永遠演不完。准此，特別助理身位既特別而所知多又多的時候，萬一和大頭頭不咬弦，則危矣！誠然，自問沒有演劇天才的人最好不要做特別助理，因爲歪時歪運並臨，需要一夜之間扮演神經錯亂也未可知。蒯通那句名言：「患生於多欲而人心難測也」和莎士比亞的「本性無瑕而人心自多疵」先後輝映。對此無人可以掉以輕心，特別助理之輩，更應死記謹記永記。

最後，特別助理如果需要按大統領的眉眼擠動而不助不理或愛理不理，上文提到可遵囑看小報和打瞌睡，但要緊的是，幹這兩項消閒工作，除了切忌張揚，更要多加掩蓋。掩蓋法最善者，莫如在辦公室堆滿書籍和種種色色的印刷品，以示己身要務劇繁，否則實情不慎給整個機構的不肖之徒曝光，自己和頭頭兩兩遭殃，而結果上司必定犧牲下屬以求自保，則一切美人、美景、美事，必眨眼間成大江東去。

有關特別助理的學問，當然不止上述那麼簡單，可待鑽研與深挖的地方仍然不少。錢鍾書先生在《也是集》內講愁苦文詞味道深濃，引述明末清初讀書人方文的七言詩句「其中妙訣無多語，只有銷魂與斷腸」作解說。按此美言，容我作孽偷換先賢珠璣提出現代化課題，算作研究特別助理這門學問的參考。詩云：「其中妙訣無多語，只有鑽魂與挖腸。」

一九九〇年十一月十日

不群者

猛虎突出勢恒怒
不住深山踞當路
郁植〈猛虎行〉

姑且稱他做甲君吧。

他第一次跟我碰頭，是我開始在南洋某地教中學的第一天上午。教員休息室內，他坐在我左邊。隔鄰之誼，自然未打交情，先打招呼。不過，是我這個新丁做主動。他，被動之後，無奈地接受環境支配，略一頷首，然後以猛虎出山的姿態，集中了烱烱雙眸的火力，向我掃射。

上課鈴聲一響，衆人紛紛離座往各自的教室走去。我放目，只見甲君是全體教師中最矮的，跟女的相比，也似乎低了半額。不過，大家在走廊上，他的鞋音最響，各各連聲，板眼清雄且整齊。我跟在他後面，像個大兵追隨將軍，欣賞他腰背瘦硬，直挺到給人一個絕不會彎曲的感覺。好一條鐵枝兒！

甲君令我大感興趣，因爲他，人雖矮小，但授課時，聲音嘹亮像號角，而且不時會大喝一聲，是一種軍容甚盛的風景。以後我發現，他喊出口的，往往是 You! Detention class!（你要上留校課！）所謂留校課，是一種特殊處罰制度。凡學生有不守規矩、遲交功課等情由，老師有權規定他們星期六下午回校，幹砍木、割草、掃地、塡土等曬太陽出臭汗的工作，很有大陸勞動改造的意味。由於留校課是集中處理的，學生回校勞改的人數多寡不一，完全看那一週老師處罰學生的情形。一般來說，少者十數人，多者數十人。輪值監工的老師，就很有大陸勞改場主管的味道。甲君每逢當值，威風十足，宛如練兵：排隊、點名、操步往工作地點去，然後立正，然後一一分配工作。遇有幹活不力的懶惰蟲，他會疾言厲色警告，而他奔走烈日之下，比學生輕鬆不了多少。他這種作風，和其他大部分同事的，完全不同。因爲別的人只把學生工作分配妥當，自己就躲進樹下乘涼去了，最多不時站起來走幾步伸伸懶腰，算是稍作遙控。

甲君和同事並不很交談，但偶有爭論。他是不隨便住口，也不輕易罷休的。他不動干戈時，完全像隻冬眠獸，但一經上陣，就像條憤怒的眼鏡蛇，搖頭吐舌噴氣，沒有幾個人能攖其鋒。

一天，有幾位老師談到英文 Committee（委員會）這個字的發音，提及字典所標的重音位置在第二音節，而卻往往聽到一般人把重音擺在末節。

「字典也有印錯的嘛！」甲君插進來發言：「你們看，Employee, addressee, licensee 等字，有哪一個不是末節發重音的？」

翌日，有同事對甲君說：「我問過校長了。他說 Committee 重音在第二音節。字典沒錯。」

「那麼，字典錯，他也錯！」甲君拍桌子！

「他是英國人啊！」旁人怯怯地說。

「英國人又怎樣？英國人也會錯！」甲君怒號！

像許多本地人，我這位同事英文中學畢業之後會考獲得好成績，接著就教書了。學校裏頭有大學學位的教師，但全是外頭請來的。甲君沒有機會往新加坡、吉隆坡或英國念大學，但他堅持自己是「劍橋畢業」，因爲他經歷那個中學會考試，是由英國劍橋大學那邊定題目和改考卷的。他曾經為這件事，和教務主任吵嘴，因為主任寫他的學歷是「中學會考畢業」。該校的本地教師，一律用家鄉話閒談或爭鬧，他們許多的內情，為客卿者無從知曉。甲君跟本地同事幾乎全部不和，在校內像一條獨來獨往的老虎，胃口來時，會擇人而噬，但武松之輩不憂不懼，所以不時有好戲上演。我沒有資格介入他們的糾紛，只本著救急扶危精神，一嗅到火藥味，就做好做歹當個和事佬；一般都是，把甲君拖出重圍，往小吃部喝茶去。

我愈認識他，愈覺天下之大，無奇不有。

他嚴肅、努力、用功。備課一絲不苟，上課一絲不苟，處罰學生也一絲不苟，所以，平均算來，他在教師中，放學生在留校課次數最多。

本來以脾氣、作風和人際關係而論，他在學校早站不住腳，但他做事負責認眞，儘管他連英國校長也看不起，校長卻看得起他。他雖然學歷不高，也絕非「劍橋畢業」，但憑個人的努力，教中學低班的英文，成績斐然。他自己是很積極進修的，讀書之外，興趣只有一樣，就是蟄伏家內勤學。人家說他兼管妻兒和挑水砍柴。

某天下午課外活動完畢，我走進教員休息室，卻看見甲君左手叉腰，右手指著窗外喊道：「我不怕你，你要打，我就跟你到外面打一場。」他講話的對象，是一位姓林的老師，在校內兼理庶務的。這位林老師十分悠然答道：「好啊！我也不怕你，現在就出去。」我慌了手腳，向林老師遞了個眼色，死命把甲君拖到外面去，邊走邊說：「你們開甚麼玩笑？老甲，我有點事跟你商量。」甲君罵不絕口，說姓林的有正事不管而偏要管到別人家裏的事。

之後，林老師告許我，甲君結婚兩年，一向實行門戶封閉政策，早上回校上課，先把妻兒鎖在屋內，一時半回家才啟關。

「我和他家同住一個區，左右鄰里看他這樣對待太太，都看不順眼。想不到我輕輕跟他說一句。他就大怒，說我管他的家事，又用臭話罵我。」林老師說完，大歎一口氣。

「他太太任由他每天整個上午鎖在家裏？」我覺得這事情太奇怪了。

「是啊！」

「那麼旁人也不必管了。」我這樣說，是有點不合該地民情的，因爲那小鎮，大家似乎都有權管管別人的事。果然，一年之後，不但林老師，另有一兩個好心人，也聯同一起來管管甲君和我的事了。

不知道是什麼來龍去脈，反正一夜之間，全校都盛傳甲君和我同買一間高兩層的半獨立房子，地點在頗僻遠的新區。

林老師很緊張，一天下課後把我拖進小樹林，語重心長道：「你跟他合股？大家只隔一道牆，薄薄的，很危險呀！他每天把老婆鎖在家裏，萬一他不在，說你勾引他女人，你怎辦？新區人不多，你知道的。」

「我當然不會……」

「不，他看這鎮裏的男人都會勾引他老婆的！」

「不過我根本沒答應過跟他一起買房子。是他提議而已。我沒意思買，也沒錢買。」

「他說你答應了。」

「沒有這回事。」

買房子的事到底落空。甲君因我不合作，頗不悅。事後有人跟我說，甲君選鄰居，只對我這個人有信心，因爲我是外客，言語不通，乃保證無能跟他妻子交談，更不會來往。

以後沒有什麼値得入傳的事件發生，只記得甲君的革履永遠響亮，因爲全校穿皮底皮鞋的，只有他一人。直到如今，我相信他仍然是特立獨行之士。至於鎖妻一項，應當已經解禁，因爲他的太太我雖然沒有見過，但按理現在至少也有四十多歲了。

一九九〇年十二月十日

秋思三弄

1

現在是甚麼季節？此語一出，恐怕小學生都會失笑，因爲，誰不知道這是秋天？不過想深一層，世事也不是那麼絕對的。比如說，香港的秋天和倫敦的，就很不同了。若以本地近日的溫度做標準，在那邊攝氏二十幾度不算夏天算甚麼？加拿大就更不必說了。

就港言港而書歸正傳，香港的秋，好極了！不冷不熱，不乾不濕，人要穿夏裝，可以；要正其衣冠（例如男人結領帶披外衣出場）亦無妨。反正不會像七、八月那樣，害人一動必汗流浹背，即使赤裸也難降暑消煩憂的。

既然是這樣，秋天應該是人見人愛的了。但事實並不盡然。據悉，學生中有不少秋來愁來。這不是因爲他們深受中國傳統薰陶，小小年紀早已黃熟可念而深悉悲秋，而是秋風把學校大門吹開之後，他們非回去上課受教育不可了。對青少年人來說，夏天才是歡樂滿懷、滿口、滿全人的好時節。他們放暑假時，天天盡是沒有功課的閒暇和夢幻，每分每秒，都是悠遊的、柔柔的，用詩人徐志摩的話，就像「康河裏的一條水草」。年紀大一點的學生，更不用說，夏天絕對是最愜意的了，因爲荷囊豐足的，既忙且樂於旅遊，而身爲香港人，時臺灣、時大陸、時星馬泰，甚或歐美蘇聯東歐，都行。那個自由大極了，換句話說，忽左忽右，忽共產忽資產，絕對沒問題，進一步，更是搭橋專家、文化交流大使、愛的分享者……好名堂多多。說到夏至而「水緊」那些學生，其鴻圖也是數之不盡，因爲炎陽遍地的日子，市上大量「暑期工」處處向人招手，生龍活虎的小伙子，一天肯幹二十四小時都不愁沒有賺錢的機會。

夏之「萬有引力」，對學生來說，大哉！偉哉！力之來也，不由人不動。小動小樂，大動大樂，汗實在沒有白流！

由此可見，貫穿世事那條「我的魚，你的毒」的道理（掉轉頭說「你的魚，我的毒」一樣可用），似乎是放諸四海而皆準的了。

嗚呼，連秋天也未能盡符衆人的雅望，難怪社會上鷄毛蒜皮的事，也會令人大打出手甚至頭破血流。人間是這個樣子，國與國，亦若是矣。

2

秋，是可愛？是可慘？是奮勵？是傷懷？是清爽？是沈滯？

秋，難說極了！

就說可愛吧，有人愛此季節三蛇肥、野味多，滋陰補腎最合時。另有人愛藍天的豔豔、池塘的清澈，如果在北國，當然加上霜葉的醉紅，秋收的歡樂。至於品鑑秋天而看出「露凝千片玉，菊散一叢金」的，除了九五之尊的唐太宗，幾人有這富貴氣象才湧發起這份讚秋辭？

秋可慘？是的，萬一「全家都在秋風裏」。不過，這在香港是十分少有的現象，因爲此地秋風不厲而衣物不貴，要忍寒受飢的實在少見。

眞正慘的，是秋天重壓在人身上的遲暮感。這份情懷，遠離春的嬌碧、夏的凝綠。它沒有豔熟的紅，只餘焦捲的褐，當涼風乍起，似乎萬事不待隆多，生機在涼露中差不多已消磨淨盡了！

可幸遲暮不是衣裳，人沒有必披的責任，何況遲暮是心境的問題，不是季節的屬性。當然，秋天具衰敗的表徵，它有這方面影響自是不爭的事實。但不可或忘的是，它更有奮勵惕揚的內蘊。

同感「風刀霜劍嚴相逼」，林黛玉所歎的是「明媚鮮妍能幾時，一朝飄泊難尋覓」，但英國詩人雪萊所求的卻是「啊，吹起我，如浪、如葉、如雲」。他要乘風舉翅，而即使面臨最無奈的結局，仍然挺胸昂首高唱：

驅馳我滅沒的思想遍於宇宙
像枯葉，為要推陳出新！
又藉詩句的法力，
將我的話撒播，
如同吹揚不熄之爐膛的殘灰與星火
在人間！

冬天進一步，沿秋入冬，他依舊堅執希望，乃有如下光華四射的詩句：「啊，風呀，／如果冬天來了，春天還會遠嗎？」

奮勵，從一己推及世界，因而傷懷的代價，完全沒需要在個人感情帳上支付。不問是浪、是葉、是雲，只要小我能融入大我，即使到一天眞的「倒在人生的荊棘上，我流血」（雪萊詩句），那點痛苦，亦全不足道。這樣，何來沈滯呢？這樣，端的是辛棄疾所云「天涼好個秋」了。

3

人只要不病、不飢、不寒、不流離失所，即使稍沾淸貧，已經有本錢不用傷春、歎夏、悲秋、嗟冬的了。蘇東坡說得好：「不用悲秋，今年身健還高宴」（〈點絳唇〉）。高宴不一定要肅整衣冠踱上明光閃閃的大酒樓，路邊的「大排檔」（香港人稱的小吃攤），一樣稱爲「大」，稀飯小菜，也是歡懷的一宴。人到了知足無求的境界，何事不高？

說到最盡，人即使老來惹病（生病誰能免），秋天總是圓熟可念的季節。關於這一點，英國大詩人濟慈說得最美妙，且譯他〈給秋〉（To Autumn）的幾句爲導引：

春天的歌曲在哪兒呢？
對呀，在哪兒呢？
別管吧，
你有你的樂音。

不錯，秋氣高涼，但涼必悲嗎？我們可曾傾聽過它的酣暢歡樂頌，就如濟慈稱賞的大自然音響？更華耀的，是秋的無聲樂。它以璀璨濃麗而化得開的美色，藉通感(Synaesthesia)爲媒向大地宣奏。詩人說，你看，秋怎樣和太陽締盟結件，憑一筆筆的黃、棕、紅、紫新彩，著意爲千萬果實增艷，又從外到內，把它們一個個注滿甜香。還有：

……更掀起蓓蕾
叫後來的花開得多又多，
讓蜜蜂猜想溫熟的日子常駐。

人間的圓熟甜美，是秋帶給我們的。我們活在地上，如果有能且有幸給人間貢獻一點點有價値的甚麼，也往往要等到生命之秋的季節。因爲，春太嬌嫩，入眼固然美俏清鮮，但入口不免生澀。夏天呢，威烈炎酷得叫眾生難耐，萬物在驕陽下好像只會流汗或蒸發到上氣不接下氣。多天則相反，冰寒襯以枯謝苦寂，灰溜溜地，萎縮無聲。惟有秋，無論色、香、味、外表、內涵，都有最動人的精純與明麗，正如極其名貴的路易十三X○陳釀，具「玉碗盛來琥珀光」的酣透之美，眞的未飲先醉。又如我們古人稱道的「三重醇酒」，開頭是「春醞」的階段，經夏暑，最後才有「秋謬」的晶結。人自青年開始在社會舉步，如果自愛自勉，理應步步朝向生命的圓熟。所以，男女老少，何必悲秋呢，因爲「你有你的樂音」在彈奏或待彈奏。

一九九一年十一月二十日

情繫一環

香港港島的中心地帶，英文稱爲 Central District，譯作「中區」。它另有一個政治上昂首闊步的官銜，是爲 Victoria（維多利亞）。後者在某些外文書刊仍不時出現，又會受封爲 The Capital of Hong Kong（香港首府）的，頗怪！事實上這個殖民主義氣味濃烈的大號，早已像曾祖母的嫁衣裳，雖然絢爛一時，卻已歸隱多年了，即使「中區」一詞，其實也少有發自老百姓的口，一般只舞弄於政府官員之手。也就是說，多用於官樣文章而已，香港人勿論高下，賢愚肖與不肖，通例懷古情多，從一而終，以老牌華夏文化的古名「中環」是尙。巴士公司走群眾路線，標榜「中環」而無視「中區」，民主得很。

正名之事既了，乃可左顧右盼。

中環向西之地，至今依稀仍具古風，但近東一帶，卻早已面目全非了。論建築，除了高等法院、舊中國銀行等少數「矮子」，昔日的光彩與夢痕，早已難尋認。代之而熠熠生輝的，是一列一列的崇樓傑構，其中又以銀行居多，多到會數累手指。它們地庫內的財寶價值幾何，實在難以想像。如果以往罵銅臭，今天應道鈔香、銀香與金香。此外，就是高級和超高級的名店林立，裏頭的貨色當然美不勝收，「搶眼」處，嚇到窮措大雙手緊抱錢包而汗不敢出，皆因無物不貴。但貴只是相對的講法。數千元甚至萬元以上一襲美服，對某些人來說，「小兒科」罷了。

躲在層層大厦裏頭的，除了「寫字樓」（辦公室），診所也不少。中環醫生收費較高，是眾所周知的。原因並非他們的醫術一定特精，乃是該區租金特貴。有一兩個不收現金的英國大夫更駭人。他們一般的做法，是看病後三數天給病者寄上收費單，保證嚇人一跳，筆者多年前吃過一次虧，沒齒難忘，比荒郊夜行遇鬼之類的經驗，更銘心刻骨了。

美物充斥的地方，以臭氣點綴最具刺激。此所以中環地區，大道後面的窄巷小徑，不時有垃圾成堆。這些「陰暗面」運氣呼吸的功力如何，看季節吧，但眞正四時噴吐而威鎭前後左右的，是「中環街市」，雅號「中央市場」。在這座建築物裏頭，魚羊豬牛鷄鴨蔬菜瓜果以傳統方式出售，處處憑氣味作招徠，那個厲害無比的攻勢，叫許多人退避三舍。不過中環街市所在地已較近西部的上環，紳士淑女無事不會勞動玉趾朝西散心的。

中環是筆者故里。當日年幼無知，一身流浪兒本色闖蕩該區，街市附近的舖子對自己來說，熟到像飲食店賣不出的燉品，但如今數十年於茲，光景大不相同了。只有幾間「老字號」，仍有點徐娘未老丰采。

故里中環是可愛的。如今，單講吃，已經無與倫比了。從榮登寰宇龍虎榜的第一流大酒店（飯店），到喧擠在皇后大道中背後的小街大排檔（小吃攤），飲食選擇之廣，品種精、粗、貴、賤之多，簡直令人一念到歲月苦短，人生幾何而立刻驚覺節食、忍飢而求作趙飛燕實在既辛苦且無聊了。不過大酒店等，是老百姓不宜的。那些地方一杯茶所需，够你吃一頓普通的午飯。不過若需染濃人生經驗，小試也無妨，因爲花錢雖然換來痛苦，但痛苦是促使人心奮躍而幹勁沖天的，至少英國大文豪 Samuel Johnson（約翰生）曾這樣宣告。

和大酒店各領飲食吃喝風騷的，應該是時代寵兒的快餐店。在中環，你坐在其中動手動口固然可以，拿著食物走到水濱或公園慢慢享受也行。在香港這個高度文明之區如此「野餐」，加上講廢話、發狂言、駡政府以至談戀愛和臨風雪涕都是方便的。香港的自由度極大。

最叫人稀奇的是大排檔。它們數十年來，完全無恙！有時筆者懷古情多，呆立在孩子時代買早點的小徑，聽下面不遠皇后大道上的汽車轟轟交響曲，幾乎不能相信事物雖然有代溝卻能達到這樣矛盾統一之樂。但，一點不假，這是，的確是、是、是香港。中環的大排檔，大排檔的中環，應該會永存的吧。

講吃的發展，中環蘭桂坊一帶是現代香港的變異。那光景宛如廣東人入藥的樹木「寄生」，是有它獨特價值和風味的。

信步所之而無心揷柳地似乎一下子撞入巴黎、羅馬、倫敦式的曲徑小館子，人在蘭桂坊開頭不免糊塗。嗯，這是香港，還是歐陸？這種霎然飛渡，又迷濛地幻入驚異的浪漫感，叫人未舉觴已先醉。那裏，轉彎抹角一下，可見在洋氣充盈的餐館群中，有一兩間小巧玲瓏到可以讓大戶人家來個金屋藏嬌。進去坐下舒一口氣，你不妨追念古人陶潛所云「審容膝之易安」的閑閑風度。正是有疎曠而無偪窄，事在人心，何陋之有呢？

蘭桂坊的異國情調悠揚如好音因為洋男女多。美妙的是，衣香鬢影間，你衣T恤、穿牛仔褲無妨。對了，又何妨呢？這正是蘭桂坊之為蘭桂坊。萬一你是傳統到激光也射不穿的那一路正氣凜然的好漢，也儘可以枉駕光臨，只要對西餐和洋人待之以上國之禮，昂然視而不見，用打坐入禪定的心情虔念子弟俊秀、蘭桂騰芳這一類華夏古今同慶的大好事物，還有不欣然開懷者乎？何況，那邊的另一頭，像深圳之朝著香港，還有國粹的粥粉麵飯小店任君據案舉箸。吃中的，看西的。如此觀察研究上下左右各類華夷文化交流動態，亦可以自詡爲當代嚴復、辜鴻銘等不朽人物矣。

中環比別些區域特盛的，還有一種名爲「會所」的飲食好去處。既會且所，明顯是給「會員」專用。換言之，不入會，無以吃。但哲學家早教訓我們說一般之中有特殊，又云世上一切規條不乏例外，所以會員專用的會所，不時外人充斥。如何不入會而進出吃喝無礙，當然有竅門，看你本事如何就是。若道其詳，則不免褻瀆了。

東方之珠三十多年的光芒，一部分靠金融事業。香港周圍有海，正合這門自身永遠浮沈又永主民生浮沈的玩意兒。既然貴爲世界第三金融中心，惟錢是尙，理所當然。事實上在中環，不講財，不學賺，無以言矣。不用說也知，這裏湧動終日的，以銀行中人和跨國跨州公司男女最多，於是西裝革履、名車名牌、紳士淑媛川流像魚群。「尖頭鰻」輩既當道，自然一片資產階級景象。是美是醜，由得你說了。這些轉動中環像小孩子玩陀螺的人物，天天高舉金銀指揮棒，把香港奏成最流行的現代曲，而無耳不入的結果，是遊客紛紛難民紛紛偷渡者紛紛走私漢紛紛合起來呈七彩繽紛。這現象，吃不消的嘆頭暈目眩，吃得消的讚道，由此證明香港這枝被迫出牆的紅杏，枝頭萬點，永遠春意常鬧，活力是鮮、新之外，少不了囂與躁。

講人，似乎現世還是以男人爲主。可惜男人實在乏味！即使中環那一族，天天給西服領帶裹得像粽子又如何？看過去無非灰藍黑系列的一片哭喪著臉的顏色，可道者有限。畢打街一帶，尤其悶滯，因爲人人雖然衣著時髦甚至麗都，但表情像木偶、像泥頭，內心似乎不是盤算金錢就是記掛公事，既不古典，也不浪漫，魔幻更談不上，只有今日、今時和今刻，而一刻千金，非得緊盯財富苦追未來不可，這是一百公尺決賽，又是何等樣渺渺無盡的馬拉松啊！

但講女人就不同了！中環的女人，有一個籠統的豔名，曰「中區麗人」。她們是年輕的多，老枯的沒有，老土的少，幹的往往是秘書或一般職員的工作。遠看起來，她們一簇簇，如花，燦烈直逼梵谷筆下的向日葵；近看呢，正像廣東人愛說的「各花入各眼」，理合撥入佛說的「不可說」。近世女中能者日漸冒頭，中區麗人當中，自然有一些在大機構內獨擁一室而有權向外頭發雷掣電的，可惜爲數還是有限。未婚麗人總不會少，但可婚的男士沒幾個。麗人成群，久受該區的高級商品和食品教化，結果人望高處，出閣不易。她們的情緒如果像湖水，上司輩當然衷心祝禱，否則看著嬌娃們傷春悲秋，那個滋味也不會太雋美。不幫助嗎？那是沒心肝。要安慰嗎？又怕變糖漿。太甜太軟時，到頭來彼此關係成就了梅子黃時雨的局面，還帶滿城芳絮，那才是麻煩透骨呢？但上下搞在一起的喜悲悲喜劇，演出的地方正多。既屬環球現象，少說香港兩句也無所謂了。

白天的中環，人潮、金銀潮、股市潮，有時酌加打刼潮，浪湧！但當幢幢大廈晚來舒氣吐盡其內的辦公室男女，整個區，會忽然變成鬼墟模樣的怪異地，更晚更驚心，這種情形，完全是北美城市 Downtown（市商業中心）的翻版。

論情調，還是皇后廣場左右獨好。那裏堆疊的，是遊客肩來且卸下的閒逸。還有就是菲律賓女傭的周末熱鬧。在那邊，周末是她們的世界，凡可供一枝暫棲的公園、池畔、樹蔭、臺階、石凳以至路邊和碼頭角落，幾乎給她們占盡了。無可置疑，她們是中環最值得觀賞的普羅嬌客。她們會聚，或歡笑、或抒愁、或喁喁細語、或高談闊論、或吃、或喝，總沒有缺乏動感的時候。她們穿越蕉風椰雨隔海飛臨，爲香港人助家務之外，也提供不少笑臉。她們比我們從出生到今日只升沈在三合土森林中的「文明人」，臉面和手足的表情豐富多了。我們修煉到泰山崩於前而色不變，或實際一點來說，移民潮和拚搏潮在四周洶湧而不沒頂，或者做人良知有虧而午夜夢廻時也不臉紅氣喘心悸，從眞性情這一點來看，比起她們來，正不知是幸還是不幸。

在中環區白天幹大事的雖然多的是神氣人物，但他們例不住中環。眞正的中環居民，正如紐約大城的市區住客，大多數只屬中下人家。他們在馬路後面那些不言進步的短街斜巷，沾得上的不是神氣而多是廢氣，除非他們到一天有本事往山上推移，才能稍具睥睨海港的資格。

值得一提的是香港頭號貴人——香港總督，也屬中環居民，因爲他所住的大府，坐落該區之內。不同的是，他的華寓以高度來說，在半山，以寬度來說，坦朗朗地有花圃有園林。他高你矮，他闊你窄，身分立判矣。

中環之夜，美在海濱。記得孩提時代，卜公碼頭只有最前面朝九龍半島那一段設有長椅，付入閘費才有資格進內享用。如今碼頭擴建已多年，長、闊、美、曲兼備，不收費的座椅多到數不清，所以情侶膩集，不情不侶的，也匯集。在那裏看月、看星、看水、看船、看燈，加上聽天、地、人籟，隨便可以消磨一整晚。愈是鞋底積厚了各地灰塵的人，愈能承認香港晚照的非凡美。世上有幾個地方膽敢拿海濱夜色跟香港的相較？

中環是香港的靈魂。它上有總督府，中有官家的辦公大樓，下一點，金融中心，再往低處，海港。「四美備」矣，數年後總督府成特區首長官邸，相信格局依然在，但今天竭力喊好的繁榮與安定，是否「二難並」呢？唐人王勃寫〈滕王閣序〉所包括上文的六個字，叫今人緦斷眉頭。要發預言，最穩妥效市井相士口中功比萬靈丹的一句話：「事在人爲」。是的，一切有待各方的努力。

中環是多人的心結。它時刻擦亮、擦熱千萬海外遊子的鄉情，帶他們站得高，望得遠，翹盼昔日家園上空升起缺後豐盈的滿月。

一九九一年十二月二十五日

清明時節語紛紛

清明節是國粹。這樣提法應該沒有人反對的吧。某些地方，例如馬來西亞，回教徒也有類似的上墳日子，但比起來，不像我們的熱鬧。西方國家更不用說了，所以清明直到如今還是中國人惟我獨尊的寶貝。

清明的要義本來是愼終追遠，孝道也。然而事實上，此道早已式微。這樣說並非意指國人一律不孝，只不過點出清明與孝道的實際關聯，千百年前，已經十分薄弱。我們只要翻翻孟元老的《東京夢華錄》或吳自牧的《夢粱錄》可知。那時，宋代，清明是個甚麼光景呢？且看：

節日……禁中出車馬，詣奉先寺道者院，祀諸宮人墳，莫非金裝紺幰，錦額珠簾。繡扇雙遮，紗籠前導，士庶闐塞……四野如市，往往就芳樹之下，或園囿之間，羅列杯盤，互相勸酬。都城之歌兒舞女，遍滿園亭，抵暮而歸。

又說：

坊市賣稠餳、麥糕、乳酪、乳餅之類。緩入都門，斜陽御柳。醉歸院落，明月梨花。諸軍禁衛，各成隊伍。跨馬作樂四出，謂之摔腳。其旗旄鮮明，軍容雄壯，人馬精銳，又別為一景也。

《東京夢華錄》

《夢粱錄》所記更絢麗動人，除上述種種大致相若，還有遊湖盛事，所謂「彩舟畫舫，款款撐駕，隨處行樂」，又有龍舟可觀，於是「都人不論貧富，傾城而出，笙歌鼎沸，鼓吹喧天」，白天鬧到晚上「月挂柳梢……此時尚猶未絕。」如此這般，有吃、有喝、有玩、有歌、有舞、有泛舟、有郊遊、有車騎、有操兵，貴族化兼平民化，和現代的嘉年華會相比，有過之而無不及！清明並非沒有踏青掃墓，但那只屬邊緣活動，聊以應景而已。吳自牧稱之為「以盡思時之敬」而不說「思親之敬」，這當然暗示上墳的對象未必全是「親」，但用「時」字，亦可見行文之妙。時是清明，清明者，掃墓是招牌，實際是郊遊行樂，整天之內，想念死人大概不足半個時辰。

杜牧最老實可愛，他寫〈清明詩〉云：

清明時節雨紛紛，路上行人欲斷魂，借問酒家何處有，牧童遙指杏花村。

你看，杜詩人清明假日，關心的是喝酒。要是他專心掃墓，詩後半也許寫成「借問祖墳何處是，老鄉遙指遠山村」之類的句子了。

現代去古已遠，但清明的熱鬧依然，只不過形式稍異而已，原則上也是不離吃喝玩樂的。香港一地，洋氣重，所以不免中西文化並陳。看同胞們在清明之日，不憚苦辛扛著大燒豬上山，連砧板、大刀也配備，一番紙錢香燭之後高砍低切，烤肉吃完，西餅隨之，伴以汽水、可樂等祖宗不知的異物；男女老幼一律忙得可以，哪有多少工夫對著青山黃土去思念先人的清芬？

中國人掃墓是陽氣鼎盛的玩意兒。古時車馬闐喧，現代呢，馬兒去了跑馬場，剩下來的只有車，但車亦多矣。火車、地鐵、旅遊車、大小巴士、私家車、假公濟私的準公家車，其擠鬧又不是古人所能想像的。他們泉下有知，只能自愧弗如，眞不知道要喜子孫的進步還是恨他們的不肖。

至於現代之現代，火化死人既是民心所趨，墓愈來愈沒得掃。那麼掃骨灰龕吧，但看光景連這小擺設，從長遠著想，也是保不住的，因爲有識之士，早已心領神會子孫及後人不堪的日多，爲求保險，還是走浪漫派與自然同化的大道最穩妥，這是說，立下遺囑或留下遺言，把骨灰撒向四海五湖或蒼茫大地，或二者分惠。自己，保證免禍，後人，保證免麻煩，何況按印度教或同類的宗教來看，這一招打出去之後輪迴最快，而且，把自己四分五裂全部貢獻給地球之後，那個瀟灑自由和無限大，跟上帝或魔鬼都可以爭一日之雄了。有詩爲證：

直到我飛，飛，飛去太空，
散成沙，散成光，散成風。

（徐志摩〈愛的靈感〉）

徐志摩爲人有其十分陽剛的地方，但也具陰柔的一面。後者最顯著的是愛上墳。他尋名人致敬，也找死鬼膜拜。流連墓地，對他竟成了出外旅遊節目。誠然，在西方不上墳則已，一上就往往沈浸幽陰，和中國人清明的陽剛氣大異其趣。洋人掃墓少有意氣風發的，更缺燒豬、西餅、汽水這一套。墳場內，林木蕭森，石雕的墓碑、十字架和天使在人的視線內織成肅穆的隔塵網，一下子把萬事紛繁的世界，峻拒於圍牆或籬笆之外，自成一淸淸明明的乾淨土，所以，他們雖然沒有清明節，但墓地的淸明長在。那點子氣息是陰柔的，難怪西方不少寫墓地的詩歌，悲思澄澈幽遠，像秋天的溪流，帶純絲的光淨，又愔愔似藏楚弄，叫人衡量生死、天地、造化，體味感情切割之痛，歲月悠悠的溫婉與殘酷，以及自然的恒存和人事的代謝。那種地方，鳥兒傾向低囀，蟲聲也是幽咽的，分秒緩慢得會凝成固體。上墳者流連俯仰，即使不低迴無限，也多少會浮沈在惘然和翛然之間，矛盾得像踏入爛泥抱腳的池塘，勉力移步向前，爲要臨近欣賞可望而不可即那點點芙蕖的亭亭淸豔。

但近世西方國家，特別北美地區，上墳一事，已和幽陰不大咬弦了，主因是墓地已愈來愈少樹木和曲折之趣。更離譜的是那些自命爲新式的墓園，一律有墓無園，因爲樹木全缺，裏頭草地無限大，平面得像足球場，每個死人各佔面積劃一的安枕之所，上面的石碑也好，金屬碑也好，一律不准高過地面，甚麼都是平坦坦的，簡直可以在必要時作飛機場使用，或者操兵，開萬人誓師大會之類。可以想像的是，晴天時，陽光普照，沒有一葉小草不飽染它的金黃和溫熱；雨天時，無土不濕，一律平均主義。其陽剛氣的盛烈，又超過東方了，眞是後來居上。

對中國人來說，設若在清明跑那類墓園，乏味極了，因爲最糟的是有規例不准吃喝。中國人以食爲天，吃喝無著，還講什麼愼終追遠？

清明既稱爲節，已暗示歡樂是應該的，正像基督教的受難節，過節的人，有幾個覺得難受？如果清明之日大感悲痛和憤怒，最噁心和可能的原因是祖宗山墳給毀壞。這件事從前較多，因爲據說這是報仇的最有效手段。辛亥革命後，人人講科學萬歲，此道於焉淪落，可是踏入八、九〇年代，風水莫名其妙成了科學，挖人家祖墳的勾當，又復興了，有雜誌報道，趙紫陽六四事件後大顛躓，皆因故鄉的母親墳墓給人搞垮了！看光景，以後富貴人家的隨身保鏢不妨酌情減省，但如果父母棄養而土葬，墳墓周圍的警衛倒是絕不可少的，不然的話，給什麼仇家打洞而挖之，當事者輕則傷風感冒咳嗽不絕，嚴重起來，不但失財去官，甚至坐牢、丟頭顱加上太太變出牆紅杏也難保呢！

清明時節小雨紛紛，筆下雜語也紛紛。想來想去，這一天要過得心思清明，應該戒遊樂而悲往事才是，因爲哀思才能淨化靈魂。這一樣，數千年前西方文學批評的老祖宗輩已說得夠透了。所以，最妙莫如關起門來選誦《孝經》之類的書籍，然後痛哭流涕，爲自己種種的不孝悔罪。國粹要不愧爲粹，必須起積極作用。人而爲人，誰不犯錯，誰不或多或少有乖孝道？但過而能改，大家應該點頭甚至鼓掌了。個人是這樣，社會亦無二致。

清明清明，願小我大我都清清明明，不污、不黏、不滯、不昏翳。

一九九二年四月三、四日

二〇〇二年

香港特區速寫

十年人事幾翻新。十年人事幾翻新？也不見得吧。這裏，香港，二〇〇二年，和十年前相比，有什麼大不了的轉變呢？最具標誌性的太平山和海港還不是一樣？閒雲嶺影日悠悠，物換星移幾度秋，把王勃的話偷換一個字，倒可以應用應用的。年華的確老去，但大自然青春長駐。「五十年不變」，一九八二年的時候，就是二十年前，領導人早說啦。看來可以大致兌現。眞的沒有甚麼大變動嘛！小的當然有，那不算違反那五字眞言的。舉例說，皇后大道如今叫香港大道了。特區政府沒提出除四舊，是人民大眾四年多前，就是英國旗落下沒到六個月的時候，嚷著要洗刷殖民主義色彩所以才改的。老牌的皇后大道翻了身，許多道路也紛紛求解放了。這是好現象。我們中國人的地方，爲什麼要背上這些陰陽怪氣的名字？豈止陰陽怪氣，實際上是侮辱性的。甚麼維多利亞公園？香港人民公園就是了，多吐氣揚眉，多乾淨俐落！洋鬼子的維多利亞、伊麗莎白，還有其他按舊日英國總督命名的街道事物，一古腦兒革它們的命，否則香港人怎會覺得自己是中國人？

2

老李值早班，清晨就得趕回廣播電臺了。他並不十分開心，頭腦沒轉過來，私下老是埋怨工作礙手礙腳，說從前洋人不愛管的事，現在坐高位的官，都闖進來干涉了，還教訓大家說，人民廣播事業極其重要，報導千萬別出錯，要按政府指示辦事。從前英國人沒發甚麼命令，工作還不是幹得好好的？現在指示多了，麻煩！倒是當電腦教授的老張好。他從來沒接到政府指示要他這樣教或那樣教的。大學看來是眞的五十年不變了。大眾傳播這一大行頭，才變得厲害哪！

3

老張覺得當年選擇不移民是對了。在今天二〇〇二年的香港，書還不是照樣教？心情卻比一九九七之前輕鬆多了。那時在英國人的系主任手下，你英文說不好，升級就吃虧，甚麼都吃虧，如今，自己做了主任，心情大暢順。待遇方面，也不錯嘛，比非特區的內地，高出幾十倍。生活還是挺好的。從前相差一百倍，太離譜了，慢慢靠攏拉平一點，也應該。現在中國大陸裏頭，一直搞開放，各方面繁榮多了。

可是大學裏頭也不盡是快樂人。教歷史的老陳就說盼望快到六十歲可以退休，因爲他心裏唧唧咕咕，老是覺得上頭有一種無形的壓力，要他解釋歷史時不要那麼主觀，要多採用客觀的唯物論觀點，否則誤導學生，大家都沒益處。他是死也不相信唯物論之外的觀點就必定等於不客觀的。現在沒鬥爭或批判這些勞什子，所以老陳說怕倒不怕，但比起從前，沈默寡言起來就是了。

4

老陳的兒子可不同。他在大學念國際貿易，畢業那一年剛巧是一九九七。進了中國銀行之後，如今已經是一個部門的主任。他面面俱圓，跟香港原來的人以及大陸調來的人同樣友善。他英文不錯，普通話帶廣東腔，但絕不礙事，比馬馬虎虎僅能應付北方客的同事高出好幾等。他做學生的時候像不少青年一樣，做過雜亂繽紛的移民夢，但沒錢、沒資格，只在歎氣聲中跟許多同學一樣被移民潮倒沖上沙灘，擱住，動不了。但那裏知道，這才叫做福氣。在中國銀行，更是神氣。加拿大、澳洲、美國，光彩在哪兒？

有外國護照卻沒有工作，苦悶到會發神經！大學畢業的移民算甚麼？在那邊只配幹苦力，或泡在唐人街洗洗碗、跑跑腿吧。留在香港，是上好的選擇。共產黨也沒有甚麼嘛！北京的革命老人幫全移民到馬克思那邊去了，現在新的一代，還是打著他們老子高舉的旗幟，但人人都在發愛「資」病，腳底下，全是資本主義路線。就是這樣，香港的安定繁榮有保證。小陳的前途也像金剛鑽，每一動都是光閃閃的。

5

小陳的中學同學小江卻不感覺那麼前途似錦。他沒念大學，只拿了張師範文憑，在小學裏頭混日子。據他說，中小學的教科書改變得才够厲害。加進好多中國革命一類材料了。他以往沒唸過多少這些東西，有點吃不消，但上頭的口號隱隱約約似乎是要逐步大力剷除殖民地餘毒，方向是明確的。大多數中小學老師都不發表甚麼意見，少數天天唱好，說這才有中華民族的自豪感。小江滿懷鬼胎，暗地裏已跟母親講好要移民南美洲，因爲別的國家他負擔不起移民費。他認爲在教育界雖然不比大眾傳播界那麼身居第一改革線，但第二線也不是好玩的呀！再過幾年，樣樣都革到自己頭上，難保出入的限制也嚴到兩條腿像鐵鑄似的重到動彈不得了。出入自由，對，但要辦申請，一申請就有批准或不批准的講究了。現在，二〇〇二年，還不太難。再過幾年，不知道。

6

小江家門口大馬路上開珠寶手錶店的林伯伯卻肯定，再過幾年，深圳和香港要合而爲一，那時，盼望生意會興旺一些。他說：「現在，治安比一九九五、一九九六的時候好，政府肯殺人，當然好一點的，但做生意卻不見得賺錢了。許多外國人的公司遷册去了新加坡，香港已經算不上是世界第三金融中心，氣數盡了呢！連遊客也不見得比英國人的時候增加。只有樓宇的價格，仍然過高，大多數人還是買不起房子。」

7

林伯伯的兒子，一九九七年前大搞政治，競選議員，打起發展工商業和繁榮經濟的旗幟，但落敗了，風光不起來，只好乖乖的鼓著一肚子氣退回工廠裏頭做經理。這可便宜他，因爲當年在政壇上弄到傳媒界忙到透不過氣那些人，都給一一打倒了。如今威風的，盡是擁護政府的積極份子，叫政協委員，每人分配一輛汽車、一個司機、一間大房子，每週開開會，談談政府的決策，末了一致通過，很寫意的。據說這種民主比英國人時代進步得多，因爲洋鬼子陰謀多。中國人是自己人，只有陽謀，沒有陰謀。

8

關係全香港人呼吸的大亞灣核子電力站，自一九九三年開始局部發電，一九九六年全部投產。已經移了民的林伯伯外甥，從美國寫信回香港說既然大亞灣在二〇〇一年夏天出了點事故，所以他對香港的空氣沒有信心，連母親死了也不敢回香港送殯。「完全是大逆不道！」

林伯伯提起這件事就咬牙切齒：「他說再過十年，香港很多人一定生癌，都是因爲吸飽了核子氣。我們在香港都不知道的事他說他在美國全知道，你相信不相信？共產黨現在已經不是毛澤東時代的樣子了，跟臺灣那邊，大概再過幾年大家也會談攏了的。管他核子、老子、兒子，中國人就是要生活在中國人的地方。」

二〇〇二，香港還是香港，不過有些人說沒那麼香了。另外有人說比前更香。大家的問題，都是鼻神經作怪而來的呢！

一九九二年六月十七日

假如水倒流

假如身上的細胞全部作反，偷天換日地聯合時間這道大水把我倒沖回二十歲的年齡和原形，我可夠忙了！當然，要身分證的出生年日也得改正，全人從裏到外，都是如假包換的二十歲小子才有下文可言，否則徒然解構主義和魔幻主義一番，最多也不過是莊周蝴蝶或蝴蝶莊周收場而已。

二十歲，嗯，年少英發，剛過了大學第一年，不上不下，各方面發展潛力極大；正因爲這個緣故，要仔細想清楚自己所唸這一院這一系，到底是因父母之命、媒友之言成事的，還是個人情有獨鍾、早訂生死戀盟的結果。如果是前者，得革命。如果是後者，當然是愛上加愛，甚至在宿舍或家居大濫情，高舉這點愛的偉大，貼上自勉的嘉言，例如海枯石爛，此情不渝；執子之手，與子偕老；生相憐，死相捐；天地合，乃敢與君絕；伊憐我，我憐伊，心兒與眼兒等等，藉此保持自己的讀書精神在沸點，那麼即使所研習的是所謂冷門，所謂難發財的非商、非醫、非科技課程也無妨。因爲，第一，做人這樣才痛快。第二，行行出狀元，任何一門專業的拔尖兒人物，難道會衣食不繼嗎？

可是，萬一，自己既不屬前者，也不屬後者，問題就嚴重了。在大學裏糊裏糊塗是爲遊魂，等而下之墮爲野鬼。如果跟著別人混足了四年，學，名義有專長，其實沒內容，結果一定苦己害人了。所以二十歲之年，剛唸完大一，非愼思明辨，踏穩腳步才前進不可。

學的目標既明確了，我這個所謂前途無量的青年，還得注意什麼呢？啊，對了，一定要鍛鍊身體。做人，一怕懶惰，二怕用功過度。懶惰之害，少人不知，但用功過度卻會有後患的，據悉毛病往往在五十歲上下就一一發作了。年輕時候有了鍛鍊身體的習慣，天天幹，老來享健康之福，學問、事業都會有更長遠和可觀的成就。至於怎樣鍛鍊法，現世可行之道甚多，打球、游泳、跑跳……說不盡。原則上，不需求同伴、不必多花錢、不會受天氣影響的項目應屬首選。那麼，顯而易見，散步、跑步、體操運動等是最可爲的了，而且，可以幹到老。

此外，飲食、休息也得有分寸。世上有許多勤於吃的懶骨頭，他們老是飲食太多。相反，好些天天狂吞知識的書蟲，卻無心茶飯而吃得太少，結果營養欠佳者有之、失眠加神經衰弱者有之，害腸胃病者有之，千萬美願，到頭來都給大小疾病砍得七零八落，實在太可惜了！所以，我得從大學時代，做個事事平衡的人，做智慧人，以免臨老追悔。

立志到這裏，好像差不多了，但一想，不好，二十歲的人，豈非血氣方剛？而人家都說青年男子像野火，在這個處處講開放的世界，萬一碰著乾柴，豈不是有火災的危險嗎？對了，爲了防火，總得有些守則才妥當。萬全之策似乎是絕不跟女孩子廝混。如果實在不能避免，打交道時非百分之百嚴肅正經不可，惟恐墮入情網，妨礙正業的學業。男孩子三十歲才結婚不遲，幹麼做笨蛋，在大學時候就給情絲綑緊呢？

不過，想深一層，大學裏頭人多，接觸機會也方便，要是碰到一個很合適的對象而不發動攻勢，會不會失掉機會而遺恨終生呢？這件事，還是靈活處理較好。但講到異性，什麼才叫合適呢？是瓜子臉是圓臉？是活潑是矜持？傻瓜，這當然是個人品味嘛！自己看下去喜歡，就是合適。可是這不過止乎外表。要作終身伴侶，外表之外，還有更重要的條件要考慮，否則不宜發展感情。這些條件應該是什麼呢？想想看：第一，人生觀，對了，也就是說思想的取向應該大致相同。舉實例來說，馬列主義者和天主教徒就不要也不能發展愛侶關係了。對方要祈禱唸經而你要反宗教，彼此還有什麼親切感可言？

人生觀之後是什麼呢？也許可以說是金錢觀吧。活在世上是要賺錢也要用錢的。錢貫穿我們每天的生活。爲金錢反目的夫婦，不論中西，太多了，所以不能浪漫地認爲談金錢就庸俗。金錢觀自然牽涉娛樂觀，這些事更和衣食住行息息相關。只談愛情不談這些，到頭來恐怕愛情都給拖垮了。賺錢和用錢的原則愈是一致，感情的長久就愈有保證。

要不要孩子，以及要多少孩子也該考慮，因爲孩子的問題和經濟有關，處理不好，也會影響大人的感情。

說到底，最盼望的是天公見憐，不要安排我在大學時代遇到我愛或愛我的女孩子，讓我清心切志唸書，起碼待畢業後，才叫我巧逢天仙配或人間緣。

假如再回頭成二十歲，大計多極了，但事實既不可能，只好把上述一切，轉贈給今天眞眞正正是二十歲上下的有爲者作參考。

一九九二年八月十四日

蓬門綠質

誰愛風流高格調……
不把雙眉鬥畫長。
秦韜玉〈貧女詩〉

在香港半山林木之間，它幾乎無處不安家，無處不長。事實上在南中國整個地區，它通常都是宗族繁衍的。李時珍的《本草綱目》更說「處處有之」。它的學名是Alocasia Odorata，中文叫海芋，粵語俗稱野芋頭。

此芋活力驚人，幾近太陽內部的核爆。淺淺一點不成土的泥沙，已夠它立定腳跟進而長莖撐葉。有水嗎？好極了。旱嗎？也可以將就。簡直是植物中的駱駝。來點陽光最愜意，但長年處低谷伴幽暗，也無妨。《本草》引《庚辛玉册》說它「陰草也」，又名「羞天草」，倒也不是虛言。

廣東老鄉包括香港城市裏頭的君子淑女，心儀傳統，往往愛罵海芋「粗生」，接著隨手抛給它一頂「野」的帽子實屬合理之至。此外，野即邪，至少近邪，又無論如何，肯定是「賤」，再加上這植物莖根的液汁有毒，毒性怪怪的，有時不過給你點皮膚紅癢，但故老相傳它兇起來會叫人血肉俱化，受害者轉眼之間只剩下一副乾乾淨淨的白骨留給親友作個紀念，所以，海芋名聲之曖昧，明矣。地位嘛，別開玩笑，什麼人會荒謬到想給這傢伙半點地位呢？請勿羞死牡丹，氣壞玫瑰。

我自幼學會了謹守大人、長者、聖賢門徒等潛移默化式的教誨，莫名其妙地，老是憎惡海芋。加上年少時萬事英勇，完全是雷鋒式，一不怕苦，二不怕死，外添三不怕皮膚癢，每當時來運至碰到海芋在手之所及的殺傷射程，總得叫這賤貨嘗嘗連根拔的滋味。然而它的道家太極功力奇高，別說連根拔，即使遭碎屍後扔之四方，其殘骸的一二絲根鬚，已够它像老子所說「強大處下」那個光景，俯伏地面悠然候新生了。約兩週吧，它會開始微張細眼展弱眉，雖然怯怯，全然碧碧，眞的能把項羽、呂布、雷鋒等英雄都氣死！

綜覽史乘，釋門弟子也許阿彌陀佛唸多了，對海芋才有若干菩薩心懷。大概由於這無處不在的芋初夏開花時「花中有蕊，長作穗，如觀音像在圓光之狀」（見《本草》），海芋有時居然升級成「觀音蓮」。既然擡出個會送兒子、又會救苦救難和灑楊枝甘露的慈悲大士，來頭光輝得兇，引起方士輩也欣然下注了。他們端詳海芋一番，看見它不論何時何地葉葉莖莖好逍遙，雖然未能「御風而行」，總是「泠然善也」。這等儀容不是神仙是甚麼？道徒們又透過可比詩人和瘋子的想像力，揚言海芋的莖汁滴在刀上能化鐵成金，於是錫海芋以嘉名，是爲「隔河仙」。隔甚麼河？黃河、長江、淮水都不像。沒時間鑽《道藏》作研究，但銀河，大約雖不中，不遠矣。挑起這點萬古心結，把愛情、縈念、歡樂、哀愁，和偉大的道搞在一起，甚麼人不受感動就簡直不是人了。觀音蓮也好，隔河仙也好，都雅得叫人嚮往《紅樓夢》末了的賈寶玉，想出家或雲遊去也。海芋的歷史性風光期，到底有了短短的一段。可惜，不管若干善信弟子如何熱心，十丈軟紅之中，具慧心和道根的眾生永遠是太少。花開花落流年度，釋迦尊者和太上老君似乎依然緣不到海芋，於是這野物到今天還是逡巡在寺廟和道觀之外，探頭探腦而已，要打進裏頭和蓮花、白玉蘭等爭一席位，休想！如此看來，這種種哀業苦障，都由於多，也即上文所提的「粗生」。又多又粗，怎能不淪落？怎能不賤？所以觀音蓮和隔河仙俱成幻象，就如苦候出國的人最後拿不到簽證。但海芋未見頽喪，即使人類墮落到時刻污染空氣、製造酸雨、化江流爲五色水，它依然長它的新綠，一天不老死榛莽之中，一天按本性克盡厥職。

也許人在中年之後不甘低首要來的朽腐，另方面釋與道又時刻透過詩書齊攻，自己近年心境之險，在於漫入風流而屬意瑟縮山間、路旁、石縫、巖壑、幽谷等植物。今天，竟然漸漸鍾情海芋了。理是有可道的：憐它蓬門野種賤質，雖然壯闊的綠葉爲紅塵天天製造大量氧氣，卻不蒙忘恩負義的人類稍加垂賞。唉，太爲它抱不平了！因憐生愛，還有更自然的麼？何況，對它眷戀之後，竟然發現它開花並非像李時珍老先生所說那麼止乎一脈佛氣。海芋花分雌、雄、中性，出現時或一泓蔚藍包一球淺碧黃，或赤呼呼，豔眩眼目銷魂魄。太美了！若有《聊齋》書內所示某種經多年練就而有的超凡功力，幹「星探」的好漢，會出盡法寶要賦人形予海芋，然後擁它出鬧市競選某某小姐。不過，恐怕海芋不領情。入廟進觀它可能有心，別的浮華卻不合平生志。它寧願在喝采鼓掌沈落之處替人間環保盡力，爲層層深入灰化的濁世開拓鮮美的、無垠的青青。

末了傳語天下素心人，要「記得綠羅裙」，處處憐海芋。

一九九二年十一月二十二日

強韌的年糕

若要考究年月是弄不清楚了，反正是五、六歲的時候吧。季節倒很分明，因爲按傳統俗例，開學總得在冬天，稱爲「開冬學」。

前一個晚上給母親帶著上床。平日很有部隊作風的她，顯得出奇地溫柔，也特別緊張，一再叮嚀說：「記得啊！明天早上，一叫你就要爬起來。男人大丈夫嘛！穿好衣裳就馬上跟我下樓。老師給你開學，你知道啦！」接著，她輕輕摟了我一下，這是很不尋常的，家裏向來沒有親臉環腰這一套。心地極其慈祥的老父，一生以不抱小孩子（除了我，據說只一次）而爲親友傳誦不衰，被認爲深得正統儒家的嚴肅三昧。

一夜多夢。

我的幼弱神經隨鷄叫而興奮。天尚黑，收拾殘夢都來不及，母親已走進睡房，她看到我骨碌碌的雙眸在轉動，驚喜得像中了獎。「好哇！已經醒來了！」

穿著新棉襖下樓，我這個全家最小的，一下子像成了個甚麼寨主之類的大頭目，廳堂上，洋油燈多盞，處處瀉滿金亮亮的光流。老佣人和侍婢四五名肅立最遠的角落，伸頸張口像看會景。連平日不常在家的父親也肅立一旁，臉帶笑意，猶如馬弁之迎候高官。

母親把我領到一張舖著大紅布的椅子旁邊。她用手示意，我「領旨」。但一爬上去坐下，頓覺屁股軟軟的黏著不知甚麼泥樣的東西。

「不要動！年糕在下，讀書人在上，專心早起，努力用功，光宗耀祖。」她說得頂鄭重。做兒子的，心竅通明，完全了解她話裏的玄機，那就是，假如我不做個死黏座子的好學生，她要往西樵山做尼姑去。她這項聲明，在我初懂人性的時候已在諸親友面前宣告了。我聽得更多，凡在她認爲我乖離教誨的時候，她會馬上悲從中來，開口重溫那份出家文告。我是信到十足的，警報一響，每每怕得要死。出家是甚麼一回事我怎會明白？但明白的是，如果她出家，我就沒人投靠了，我就完了。所以，道理直白得像塊杉木板。總之一定要聽媽媽的話！

沒到半句鐘，守在大門口的侍婢飛奔進廳高喊：「老師來了！」於是全體婦女馬上躲起來，只餘母親陪著父親走出去迎接貴賓。

老師頭髮花白，進廳之後，我依囑向他請安。接著母親也迴避進內室，因爲開學大事，其天機不好在婦女跟前洩漏的，否則那個有關的孩子，會給異性的陰氣和邪氣撞到昏頭昏腦，一生不得清明。父親不同，他是男人，即大丈夫，無妨在場觀賞。

老師坐在我的桌子右邊，打開訓蒙《三字經》，老手指一飛，越過全書而翻到末二頁給我口授第一課：

犬守夜，鷄司晨，苟不學，曷為人？蠶吐絲，蜂釀蜜，人不學，不如物，幼而學，壯而行，上致君，下澤民。揚名聲，顯父母，光於前，垂於後。

他念一句，我跟一句，琅琅爽爽，十六個字出口既竟，大功告成。老師由下人打著燈籠告辭，父親耳朵掛著兒子開學唸書的餘音欣然送客。

然而這開多學大典尚有尾聲，就是主角那位小子早餐之後，由老僕帶著走往離家約十五分鐘路程的學塾向孔老夫子靈位磕頭，這等於立下賣身契約，從此所坐的椅子不再有年糕，但原來那次的黏力強大，黏到今天仍然此志難移，此情難巳。若回顧，「專心早起」只有在小學時候做到，「努力用功」是一直實踐的，「光宗耀祖」卻難說了，因爲非得先「揚名聲，顯父母」不可。但這件事情頗難，就說一樣吧：某年在巴黎開研討會，因說過「周作人的散文也可以研究」，乃被定罪為提倡漢奸文學，臭名揚了好幾年，絕對不是「顯父母」和「光宗耀祖」之道。這個世界，要「揚」，要「顯」，應懂潮流並順應之，不然的話，開多學不管如何隆重，也無非捧著《三字經》加上以後的中外文大小塊頭典籍終老而已。但若年糕有靈，如此人生，倒很甜甜蜜蜜呢！

一九九二年十一月三十日

望美人兮天一方

別後經年，多走了幾段黑暗的人生路而到底卑下情操稍斂跡，才不時讓思緒愁黯黯地牽著自己，去挖掘記憶的舊庫。想念的，是這一位他。

他長得，唉，只能說是略勝青蛙一籌吧。用這個比喻不免帶抱歉之情，但爲了要做人做得老實，只能如此描畫了。鄧君，我的舊同學，第一次邂逅時，覺得他臉面像青蛙，以後會面多了，蛙相在我腦海中，更深刻，因爲他的神態，除了說是蛙式，沒有再恰當的碑匾可以奉贈了。

人長得不俊，本來沒甚麼關係，但萬一名字美感特強，則反諷效果太叫人吃不消了。鄧君的名字是美倫，結果，也許觸犯了大眾的文藝神經，男女同學不約而同尊他爲「鄧美人」。記得第一次聽到這奇麗的稱呼，我幾乎在飯桌上向坐在對面用膳的同學噴了一臉青菜湯。眞不知道是那個促狹鬼會想到頒賜這別號給鄧美倫同學的。但綽號這東西，無論是誇張、惡謗、反諷、調侃或別的甚麼，往往一經冒頭就燎原像野火，燒得當事者或熱癢或痛辣，又叫旁觀者歡然喊好。

不過鄧君，應付事情的確也像青蛙。他笑罵由人，不反擊、不抗議、不示威、不悲淒，連眨眼也不屑。你喊他鄧美倫也好、鄧美人也好，他都是七情不上面地淡然處之。世界對於他，喜怒哀樂似乎不存在。只有一樣他表示熱烈的，是學習文法。他日夜捧著一本中文解釋的英文文法書，光景是餓鵲啄硬蚌，越是弄不開，越是飢火如焚，求得之心越切。他沒興趣跟別人聊天或鑽研學問，只有談文法卻可以助他的蛙口一裂， 蛙臉上明光一閃。開頭的時候，曾有同學跟他或正經、或開玩笑地切磋文法的，但沒到半年，人人興致闌珊了，因爲他固執而又未必擇善，卻嚕囌於文法邊緣，纏著人家講他的歪理，直到被推開、被罵爲止。到了這地步，全體同學公認他神經有問題，一一斷絕邦交。他滿不在乎，依然天天像古人吟詩那樣諷誦他那本萬古常新的文法書，兀兀然，卓卓然，很有莊子那種「以天下爲沈濁，不可與莊語」的精神，白天，除了上課，多半息影林下，更深人靜時則爬起床隱於廁所。

關於鄧美人夜讀這奇聞，主因是宿舍沒到十一時全部關燈，只有洗澡、洗手間例外。發現他開夜車這事，說起來也算曲折。第一應提同學李君。他那個晚上水喝多了，給體內緊急警報系統迫了起床，自然踉踉蹌蹌朝洗手間走去。沒進屋，聽到裏頭有「鬼哭聲」，馬上全人清醒，卻驚懼起來而臍下失禁，尿還沒氾濫完，他已抱頭鼠竄回房間，震顫地把內褲脫掉扔在門口，之後心膽俱裂地撲上床，蒙頭到清晨才朦朦朧朧再度入睡。

翌日事情鬧大了，可幸破案神速。小李因隨地便溺被判行爲不檢，給處罰清洗大小有關地帶。至於他極力申辯有鬼那件怪事，當局認爲無稽，不予受理。但同學中怕鬼者大有人在，他們聯合敦請了兩三位自命勇冠三軍的志士，決定要窺鬼，若可能，則趕鬼、打鬼。

長話短說，沒幾天案情大白。鬼者，鄧美人也。哭者，他在燈光半明不滅的廁所裏頭，關起自己唸英文文法兼不時發悲聲是也。

「他在那裏唱哀歌。」

「那裏是歌，咿咿嗚嗚，所以才嚇死人。」

「他自己說是《紅樓夢》裏頭林黛玉的甚麼詞。」那幾位查「鬼哭聲」的勇士意見並不一致。不過，鄧美人每天夜裏霸佔著廁所一角發怪音或甚麼的，倒惹動了點公憤。因不由自主撒了一泡尿而吃過苦頭的李君，夜裏雖然怕鬼，白天卻是個兇小子。他鼓動群眾要「清算」鄧美人，不准他夜隱廁所加班唸書或唱歌。

「不過這樣鬧起來我們倒變得理虧了。世界上有哪間學校不准人家夜裏在廁所的。」某智士在群情洶湧一番之後說了這話，大家的鬥爭熱情一剎那降了好幾度。

小李急了，紅脹著臉抗辯：「俗語也有說『蹲著茅坑不拉屎』是不對的。鄧美人這樣做是違反……」小李忽然間語塞，大概腦筋一亮，感到蹲伏廁所既非違反校規，也不違反民事法。

「違反人性！」他到底擠出最動聽的幾個字。

可是你小李在走廊撒尿，把濕漉漉的內褲亂扔而光著屁股上床也是「違反人性」呀！

議論紛紛。到底，群眾的智慧是最偉大的，最後大家同意罰鄧美人唱《紅樓夢》，但要光明正大，在眾人面前表演而不要躲在臭處獨唱獨賞。

世情之奇往往出人意外。系會裏頭的大人物如主席、幹事等滿以為要全體出動才能把鄧美人收押並成功迫唱。那裏知道，事情倒像時辰八字全對口徑的舊式婚姻，一拍即合。鄧美人且欣然宣布所唱的是《紅樓夢》第二十七回的黛玉〈葬花詞〉！大丈夫即說即做，大青蛙亦然。

是夜也，聞風的同學齊集在系會主席的房間，門內門外擠滿了三、四十人，表情不一。有些給鄧美人演唱這件屬青天霹靂的奇聞震壞了腦神經，變得呆頭呆腦。有些則興奮莫名，宛如中了邪魔。最不經的一群，是未開場已笑彎了腸，因為看見鄧美人一本正經坐在窗前，而想到他平日的蛙容、蛙音，這已夠樂壞人了，何況又是唱甚麼林妹妹的〈葬花詞〉！這兩個意念多麼矛盾，而竟然依偎在一起像牛屎襯牡丹。天哪，世上還有更滑稽的事麼？我屬笑派，但最後也得忍住，因爲鄧美人開腔了。

「花謝花飛花滿天，紅消香斷有誰憐？游絲軟繫飄春榭，落絮輕沾撲繡簾。」只聽了頭四句，笑派諸君已經大部分禁不住從微弱的嘻嘻急升到近乎狂放的哈哈了。爲了怕犯眾怒，只好趕忙撤退進洗手間哄然轟然到幾乎連眼淚也掉下來。歇了一下，自問耐功欠佳的決定不要再聽，自恃還有點定力的三兩位，卻再度回師。我追隨。

沒到演唱地，已聞悲切的「天盡頭，何處有香丘？」當我成功擠進人群，只見鄧美人淚承於睫，叫人嚇了一跳，甚麼笑意都遁失淨盡。末了，迤邐直下「試看春殘花漸落，便是紅顏老死時。一朝春盡紅顏老，花落人亡兩不知」，歌者竟然淚濕青蛙臉，擦眼睛、擤鼻涕，著實忙得一塌糊塗。

眾人忽然給悲情感染，黯然散去者有之，掩口捧腹者有之。主人家忘了道謝，鄧美人卻不做聲走出房間了。

事情過後，鄧美人繼續他的廁所夜讀與哀吟。偶然有需要摸黑起床小便的怕鬼者和打鬼者跟他互不干擾，宿舍一片和平景象。但幹麼鄧美人對黛玉葬花情有獨鍾，唱〈葬花詞〉得件以眼淚呢？這謎沒人能揭開，因爲鄧美人沈默。

以後一些好事之徒再有兩三次邀請鄧美人演唱，他不推辭。節目呢，永遠是黛玉葬花，且一定淚流滿面。漸漸，大家聽膩了、看厭了或笑足了，表演也就無疾而終。但要是偶然遇見他，笑派的同學總不忘朝他大喊一聲：「鄧美人，花謝花飛」或「鄧美人，花落人亡兩不知」，他一定都會低頭而過路，像是甚麼也沒聽見。我從來不是笑派的大頭目，連小頭目也不是，但機會一來，陪著笑是一定的，很有「人生得意須盡歡」的哲學味。奇怪的是，鄧美人的傷情曲，在我的聽覺神經裏頭卻安下家來，不時怪調幽發，好不惱人也！唉，那是甚麼歌呢？鄧美人喉音的不中聽是毋庸多贅的，老實說，連青蛙的閣閣也比不上。蛙鳴是響亮、歡快的，鄧氏的獨唱卻調子低沈，加上混合泥土、稻梗的鄉野、俚俗氣味撲鼻，表演的餘響又豈止繞樑三日也！

語云「三三不盡」，三年之後我已經和鄧美人天各一方了，但他的〈葬花詞〉仍不時在我耳根自動播放。如今三十多年後，它在偶然人間心靜的片刻，還在嗚咽。雖隱隱，但分明，而這過去了的數十載豔陽或風霜，已經在我內心把鄧美人的蛙聲蛙臉淘成了另一副音容形象。雖然自己愛笑、愛諧謔的脾性不改，但每念鄧美人，卻笑不出了。感覺的，只是人間悲苦。他深蘊的酸辛和難蘊的眼淚，因《紅樓夢》主角人物孕育，還是他自己不幸作傷心人而別有懷抱呢？青蛙一族，在我們慧美的人類眼中，那配得起甚麼羅曼史？羅曼史應該爲俊書生和俏小姐，或西方的白馬王子和灰姑娘的專利品才對。但事實畢竟是事實。鄧美人的眼淚，看光景是情之所至。雖然一開金石和叫死者復生都不可能，一念一悲慟，卻是眞的此情不渝了。當日揶揄他、恥笑他的同學，發乎卑下情操，以別人的悲哀作自己的歡快，顯然比蛙不如，因爲青蛙對於同類，沒有來這一手的。牠們固然愚昧，聲音也不動聽，但至少具眞情，這就勝於許多自命高他物一等的人類了。

鄧美倫同學是否仍然活在世上某角落呢？不知道。要是再見他，我該向他道歉，因爲自己當日以粗鄙的笑，像錐，一定擦傷過他柔細的內心。他是不計較的，因爲他比一般無知之輩，氣度深廣得多。他不是美人，但他是美倫。唱〈葬花詞〉而哭，不論因由，總比聽〈葬花詞〉而笑的人可愛和可敬。鄧美倫當日，是美於同倫的，但青蛙才是王子，這點破格的意義，有幾人能識？

一九九三年四月二十四日

秋色如醉

停車坐愛楓林晚
霜葉紅於二月花
杜牧

新居像新鞋，往往給人或多或少的不便，但肯定爲敝寓增光添亮的，是客廳（兼職書齋）那幾面高闊的大窗。有畏高症的朋友說下望不宜，因爲人住在四十五層的樓上，只合翻眼朝天。聽他的話，如今只要時間方便，必朝。從朝到瞧，而且學會細瞧了。

左邊是無可說的：大厦、汽車、行人，樣樣悶人。右邊的一角倒可以讓眼睛慢步甚至延佇。添馬艦海軍基地和維多利亞港，講水天之美，比數十年前，淪落憔悴多了，但殘豔依稀，總沒給風塵全汚染。

眞正可道的，非下、非左、非右，乃是前瞧所見的山色。這色，可以說四季（嚴格而言，香港只有春、夏、秋三季）醲綠，然而大半的翠碧已給層層疊疊的大厦鎖入後宮。佳人的國色天香現在只和冷寂共瑟縮了。所以，寧願太平山在黃昏時間扮演配角，以沈黑的面幕遮滿林木，也蓋住環繞腰間腳下的樓宇，讓其上的天空獨領風騷。

秋日下午五時半過一點，太陽已愁墜山後，慵倦得像給辦公室抖落於行人道上的白領階級。它噓歎，苦得天空下面一大片淺橘色的淡靄，乏力地，卻足能散撒於人間無限超重的衰遲。要是萬緣零折而暮色凝聚了大地劫餘所特有的灰暗，包括落魄者的腳步和失戀者的眼神，那份無奈的黯淡就更愁人了。不過即使秋日在午後無歡到這地步，時間比較來說也是短暫的。秋，除非逗錯情懷惹來不速的陰雨，否則太陽在西山後落寞一時也必然有轉機，它宛如上班族人士下班之後經英式下午茶的熱力和活力點亮全身細胞，臉面刹那間堆起春花，而紅潤、清朗、俊麗都開得燦爛了。這時候，太平山已給摸黑的神秘輕輕裹起，只有不識相的大厦燈光與霓虹開始賣弄。然而落日餘暉，新豔豔乍然爆上來，那份橙橘之靈的鮮透晶瑩，甜甜的，是法國象徵派詩人馬拉美所謂「金色的神馳魄蕩」（Une extase d'or），正好匹配圓熟酣暢的秋魂。但如果白日完全不受重濁拖累，而是爽健明澈可比水晶，那麼整個景色，就不是人類的眼耳口鼻和舌頭以至指頭所能盡享的。無論怎樣貪婪地看、聽、嗅、嘗、撫摸，渺小的我們，在明人王季重所謂「天地之富」跟前，只能低眉合十禮讚。可是有時候佛性沈沈而狂心大作似瘋浪，唸李賀「割得秋波色」和陸游「剪得秋光入卷來」等浪漫好事，眞想飛往甚麼名山盜取倚天寶劍，大砍小切一番，把各色秋魂一塊塊自西天囊括入室，以便親之、枕之、佩之，作自己的妻子、孩子、影子和命根子。

按聞一多的講法，晨曦是笑的。它的「黃金笑在槐樹上／赤金笑在橡樹上／白金笑在白松皮上。」（〈秋色〉）這笑，是少年的笑。但秋日晴明的晚霞如果也嫣然、燦然，它笑得成年且盛年。它的金，微醺，融融漾漾，稍涉神秘而不墮邪膩，是蒙娜麗莎式，最能攝動天下萬眸的虔敬愛念。既然撥響了宗教的心弦，默默地，靜空牽進一兩抹淺深難測的暗雲，也就十分自然了。天地之美精妙如斯，大概只有神靈才能孕育。之後，如果雲逐漸厚重而不屑舒卷聚散，堆疊起來的威嚴是可敬的，但當西天滿注的是純金，默默凝雲並不可怕。它是美的倩影，若缺，天地必會有所失了。這時候作爲濃墨繪就的太平山，它的憂鬱在明耀映照之下負荷依然。它發出無聲的歎息，是爲山下蒼生的勞累，也爲向它凝睇的眼睛傳遞大自然深藏在眾山胸懷的密語。最刻意叮嚀的一句，是天地萬物的秩序不容人類恣意逆扭，因爲撥亂之後未必能反正。

鐘錶的時針與世無爭，悠然朝右輕輕垂臂，然後向左按天地的板眼舉手緩升，分秒不懈，肩負無比的責任慢畫無形的大圓或小圓，每一動，都標誌人類在球形的大地上樹稜角而與世爭、與自然爭甚至與自己爭。鬧哄和繁亂已聲聞諸天了，但無損那頂上澄藍的清美。它在日落時分依然戀戀，但叨了華彩酣暢的夕照，內蘊的青靛靛雲然通透，成酒，能醉人了。是晚霞迫豔了蔚藍還是那聯合國的旗色襯著橘金而令西天奪目移魂呢？斷案眞難下。更叫人驚異的，是一兩暈俏綠有時像不速之客突然在一角遠天泛入明霞。這到底是甚麼天文道理？在通常的情形下，淺翠這一段獨特的雲色，只在晨曦時露臉，而又像脫險出走的幽芬，在人臉前一飄即逝。現在，下午六時，她來選美嗎？不用管來龍去脈了。她悄然蒞臨，淡淡嬌彩，卻羞盡人間碧玉。

然而，更泛溢白蘭地酒香濃熟豔的時刻，在後頭。

當萬斛流金謝幕隱去，中天的湛藍幻成處處非洲菊，西方上場的是蘋果紅了。那紅，滲皮透肉，香港市上常見的北美華盛頓州名產「地厘果」差堪比擬。然而，待得豔來，宛如花事開到荼蘼，萬彩已近闌珊時候。感傷不興，因爲黑幽幽的山後那一大片噴薄君臨西天的形形，熱切華耀，還有悠旋不倦的一兩隻晚鷹，爲沈寂的秋空不斷添動態和不夜的活力。牠們是製造橢圓形的大師，在飛翔游弋的一生，時刻以沈默扣響渺渺穹蒼，不知道畫出了幾千萬道惟創造主能一一記錄的隱形純美黑線。

緋紅來得快且猛。退，也速。是蒼鷹倦息山頭斂羽後喚出暗紫，還是絳紫潮湧而捲沒蒼鷹還巢呢？我們目光如豆且腦筋遲鈍的下界凡人是難道其究竟的。總之，轉眼，濃紫取代一切，它的憂豔厚厚軟軟瑩瑩，稍帶震顫。雖然你不妨稱它高貴典麗，但總像無可奈何的一絲微喟，暗吐心事卻抓不住流光，所以，它俯臨大地不到十分鐘，只好鬱鬱深深垂眸告別了。至此，秋空澄然、泯然一色，已進入黃昏諸緣銷盡的境界。西天也好，太平山也好，惟黑，涵攝萬物。它寬、重、靜、莊、堅，森森然顯得無可比。不愧爲眾色的押陣之色，它在太初先於光而統御世界，末了，凜凜然作所有終結的見證。它，這宇宙永恒之謎的代表，說柔美，像烏緞，論健剛，近神！昔日以色列的偉大君王大衛寫詩說到上帝有這樣的話：「他以黑暗爲藏身之處」（〈詩篇〉十八：十一），可謂一語中的。難怪野心勃勃的日耳曼民族對黑情有獨鍾，世世代代勿論弄暖潮或撐逆流，一直對它發洪音響應。你看德國國旗高據在紅黃之上那一橫有如責任般凝重、神明般威嚴、且切割快比并刀剪的顏色便知。

面對秋霞晚，是坐享黃金、琥珀、紫晶、黑玉，又歡飲橘子、石榴與各式葡萄的鮮醴，並暢然斜靠在滿鋪金菊、紅玫瑰和紫胡姬的黑天鵝絨軟榻之上。這一切，已臻《古蘭經》第五十六和七十六章的樂園妙境，缺的只是穆斯林較有興趣的僕婢，但何傷？

面對秋霞晚，正如古人杜牧當日停車爲賞楓林，腦間最要不得的，是思想。讓平日條條繁忙的知識大街小巷全空過來，閒下來，好叫麗色與芬馨流泛。也許癡心在於回味，且悵盤桓以守夜，爲要凝望天邊兩三顆弱星，看它們如何喚醒那裂霧撕雲而奮射中天的第一支阿波羅金箭。

一九九三年七月十四日

扇之善

那一年夏天訪南斯拉夫之後要進入捷克，不料在過境的地方，給一個駐守邊防的南國士兵留難，動彈不得。車上二、三十名中華兒女獲得的消息是，那位兵哥要求我們贈扇一把。本來嘛，這算甚麼呢？扇子是華夏神州的土特產，不要說一把，十把也是小事。可是那一天天氣特熱，而恰巧大家只有兩把扇，其身分與作用抵得上兩臺空調機，怎能割愛？但，沒辦法，不給的話，車不准動。最後，幾經交涉，拿出美鈔、港幣全無效，還是乖乖地照著兵哥所請，送上有詩有畫的扇子一把，才了結這外交死結。

這樣獨特的人生經驗，不但世間難得一體會，連天堂和地獄也是欠奉的。然而今天思索起來，漸漸覺得這活劇絕對有其嚴肅的一面，倒不是叫人生點氣或嘻哈一番而掉以輕心的。

王建詞云：「團扇，團扇，美人並來遮面」（〈調笑令〉），可見自古以來扇已大派用場。

世上要蓋蓋掩掩的光暗明滅事物多極了，美人遮面給人的啟示極大。缺了扇子變成一看到底，很多好戲演不成。這不光是象徵性的說法，更是舞臺的實際。我們國粹的地方戲，小生出臺若不露幾手扇子功夫，萬般風流瀟灑和搖曳生姿都會統統落空了。

記得小時候第一年讀書承嚴命和承慈命唸舊式學塾，老師在四月時分已經吩咐眾弟子帶紙扇上學。大概手上生風有助頭腦清明和學問長進的。

那時前後左右的大小好孩子或頑童，一律尊師重道，買扇並紛紛在其上題曰：「扇子好清風，時常在手中。冬天不見面，夏日有相逢。有人來借扇，問過老爺先。」

本人雖年幼，卻有知，所懂的字有限，卻會恭請一位學長把詩句錄在紙上，然後自己在家苦練，沒兩天，字會寫，這首來歷不明的作品也背熟了。該詩打油打得離譜，是文言加粵語文法最不堪的典範，但整個學塾人人情之所鍾的暢銷詩歌，哪有不善之理？

風流瀟灑是書生的永恆裝備，而且老幼咸宜。如果嫌舞臺上的戲子和學童斤兩太輕，擡出蜀漢丞相兼軍師的諸葛亮應達重量級了。凡有種的讀書人，念到蘇東坡〈念奴嬌〉詞那句「羽扇綸巾，談笑間，檣櫓灰飛煙滅」而不傾倒拜服儒將的醉人風度，那麼已屬朽木的料子，不如拋書「下海」去幹引車賣漿或投機倒把的營生好發財。

但如今缺了一把扇的學者太多，難怪儒學大師們哀歎我們這一代人的學問不濟。

如果諸葛亮的大牌屬過時的「四舊」，而未足投現代之所好，那麼毛澤東的金牌一定行了。他老人家自延安之日起，不止圖像滿街，如今大陸各地所有汽車司機座位的左右也少不了他，因爲根據群眾的意見，有主席小照高懸車內，搖晃中左顧右盼加上前瞻後睨，自然保佑車中人不遇意外。

這眞的是應了晉人袁宏對謝安贈扇所說的話：「當奉揚仁風，慰彼黎庶。」誠然，要學，學毛主席才够格。但和扇又有什麼關係呢？有！且先看看他所填〈沁園春〉裏頭的話：

書生意氣，揮斥方遒。指點江山，激揚文字，糞土當年萬戶侯。曾記否，到中流擊水，浪遏飛舟？

詞內沒提扇，但扇的象徵意義豈不是在其中鳳舞飛飛麼？書生意氣起來下手揮斥指點，若缺了扇子，迴旋於人生舞臺上怎能出落得聲、色、藝俱全？

持扇，則揮斥指點之後尚能開開闔闔甚至大開大闔：滅殘敵、倡土改、三反、五反剛過，更立心「欲與天公試比高」，於是除右派、揚文革，一一矮盡神州老、中、青的知識分子才手軟停扇。但扇是停不得的，一停，風火不興，人也完了。

綜觀之，雄邁英發時，扇不可少。落寞無聊時，更不可少。王昌齡一千多年前，已點中要害。他的〈長信秋詞〉云：「奉帚平明秋殿開，且將團扇共徘徊。」有扇在手，比老來伴狗好得多。

扇子和人通聲氣，互慰藉，這是炎黃子孫的一種舉世無雙藝術，比王昌齡後了幾百年的文徵明在〈南鄉子〉詞內說得最精到：「好夢不成春自去。相思，只有青團扇子知。」而更進一步，當鬱悶愁煩到尊卑不分而只想破口大罵時，扇子的作用比看精神醫生更有效。你唸《紅樓夢》內晴雯這個侍女如何「撕扇子作千金一笑」便知底細了。撕扇的聲音能化解心頭之恨，這是極具啟示性的。

今人只識空調而不懂搖扇，更沒想過撕扇的微妙療效，難怪所謂文明的大城市，處處湧動的，是失意者、失戀者和失常者，後一類也即精神病患者。

扇有助愛情，又是一大功用。「出入君懷袖，動搖微風發。」（班婕妤〈扇詩〉）這又遠遠超過白面書生逗弄扇子並邁開公府步而風流自賞了。

再者，扇子方便菸客戒菸。這是從何說起呢？首先我們要肯定吸菸是消閒性兼悠閒性的，也不妨採取中國大陸用語稱之為「小動作」。既然如此，搖扇子和抽菸儘可以換算一下變爲同類物。不幹這而幹那，都能達到一致的目標，這比吃糖果戒菸好多了。吃會發胖，在現今社會不大相宜，但搖搖扇子，發仁風而不吐尼古丁味毒氣，裨益身心和社會，善莫大焉。

末了，如今的陽光身分曖昧，很難測定它的益處和害處。事實乃是，南極上頭穿了的大洞因世界各國無不自私而補救無望，直刺下來致癌的紫外線有多少只有天曉得，險象總是不可避免的，所以在麗日懸空的日子，從保健和保命觀點著眼，屋外風光絕不美麗。撐傘嫌累贅，那麼拿把扇子遮頭尚矣。

古人徐賁一千多年前，並沒有這點當代之災，但在〈詠扇〉詩內也會說「曾伴一樽臨小檻，幾遮殘日過回廊」；我們今天更應奮起加入他的行列，時刻扇不離手，瀟灑、豪邁、實用兼而有之，必要時還可一揚風而作外交上的突破，就如本人在南捷邊境多年前的經歷一樣。

一九九三年九月七日

懷舊望遠

看香港的交通工具，可見凡慢的，在時間這冷硬的大鐵篩中，一一被篩出局。大概逐漸連那些較慢的也會給篩進博物館了。

記得小時候中環炮臺里近雪廠街口的榕樹下，總有一些青衣小轎等候顧客。往事依稀，印象猶存，但轎之爲代步工具，早給篩入無何有之鄉了。

比自己年紀更大但至今壯心未已還在負載客重任的是電車。此車，近十年來好幾次被罵爲太慢、太老、太不合時宜。地下鐵道一興建，電車更有點反革命的可惡形象，可幸它一不污染、二不斂財，因收費便宜而受老百姓愛戴。正是人民的力量無敵，所以至今電車仍舊苟存性命於亂世。它既然不求聞達於諸侯，安份守己地比巴士更早起爲人民服務，將來憑自身的鐵軌直通入一九九七，進而五十年不變，可無疑義。

筆者是誓死保衛電車的，因爲，香港到了今天，昔日爲我提供娛樂的干諾道西大笪地、聖約翰教堂下可以欣賞英軍練兵的操場，以至自己受過小學教育的妙鏡臺，都給高樓大厦霸佔得面目全非。要懷舊，除了電車，還有甚麼？這「豈窮達而異心」的心，一繫及電車，就熱了。

撇開時間不提，要是拿電車和巴士相比，任何人都會感覺前者的斯文閒雅。它一直有軌可循，正正經經向目標前進。巴士卻完全是另一回事。乘客坐得舒服與否，完全取決於司機的品格和上班之日的心境和脾氣。它時而慢吞吞，聲粗而氣不豪，時而橫衝直撞像發情的大野牛，要是遇下山路轉彎抹角的地方，它的粗腰一擺，你不够它粗的腰最易受害。我的一位親人就是在一次這樣的場合扭傷了腰，經過四五個星期才在跌打藥酒的功力下逐漸消除了痛楚。當然坐著可免此禍，但誰能保證上車必有座位的？講觀景、觀人、觀物，乘巴士更無可說，電車上才有看頭。講保健，電車助人血脈順適，巴士則可能害人血壓增高。至於和巴士屬難兄難弟的小巴是現代新產品，以瘋衝爲世所知。論風度，和電車相去更遠。有時候，遇到乘客稀少而司機的政治、社會思維大活動，你得恭聽他的高論。要是你意見相左跟他對壘，則全車俱險矣。他那股氣困在車廂內，透過腳下所踏的油門和手中所操的駕駛盤而宣洩到外頭的四個膠輪，其力、其厲可知，所以千萬要敬重司機，進一步更要尊崇。由此可見，說到底還是電車好。

慢而逐漸不為時尚的交通工具是輪渡。唉，說起輪渡，靈犀一點通電車，也是此情難已。講懷舊，輪渡勾起傷感。因為，雖然船公司、船隻本身和碼頭等數十年來豐采如昔，但有心人如果在中流鼓浪的時候細看海水，就難免黯然了。以往維多利亞港依偎輪渡兩旁和身後的浪花亮白如雪，今天的，已給暗灰和淡棕染到了無光采。綠水本身也失掉數十年前那種晶瑩的翡翠色，只能稱它為濁綠。雖然比吐露港和沙田城門河一帶的水仍然可愛得多，但每下愈況幾乎是可以斷言的。環保的呼聲儘管響亮，要震綠、震清海水嗎？這會是迢迢的夢，滋味更甜也恐怕轉化不成現實的。

記得小時候乘輪渡最感興奮的是看見水母（俗稱白炸）。從中環往尖沙咀那不及十分鐘的海程，入眼的水母至少也有十隻。牠們飄然、悠然而來，像是跟輪渡打招呼，接著又飄然、悠然而去。白白的一團像是綠水中舞蹈的雲霞，不牽情，不惹恨，只撩撥童貞的想像力，絲絲傳遞的是寧靜但親切的大自然音訊。但水母不堪海灣的污染，早已紛紛移民了。今天的水，養育不了太多的生物。海已老累，因為給人類的無限發展拖累。

輪渡仍然和數十年前一樣，基本上給人舒閒的清快。要是浮泛稍遠一點往離島，就說長洲、梅窩那邊吧，只要時間湊巧加上天公造美，大自然賦與人間的絢麗和香港開埠時應該沒有兩樣。這裏所講的是海上觀晚霞，有時掉一個方向，是海上看月亮從鯉魚門那邊冉冉升起。如果有幸，亦東亦西的美景，都可以同時在來往離島的輪渡上看見。雖然香港因地處亞熱帶而大氣間濕度較重，但夕照之美在清爽晴明的日子，總是可觀可賞的。西山西海的富豔之後，緊接東方皎皎瑩瑩的月華，大自然賜給人間的無私無價恩惠，亦可謂多且滿了。在輪渡上縱然不便起舞弄清影或長嘯高歌，但身上億萬細胞無聲的歡呼，一樣能達天聽。良辰美景如此依伴有心人，輪渡的慢，實嫌太快。加入飛翼船、地鐵車之類時代寵兒，無疑有佛頭著糞的遺憾。

輪渡數十年來，像電車，沒有緊隨科技快起來。二者攜手惺惺相惜，一百年不變更好。在火箭稱雄的世界如果留不下若干不變的或慢的事物，恐怕在萬流俱隨大江東去這樣哄哄洪洪的狂亂中，到一天連人的血肉之軀也會裂散崩離，像林花著雨那樣惟餘一地的落紅而已。

歷史是狂呑萬物的大墳墓。香港是歷史手下的巨無霸剷土機，這數十年來把多少人事物剷進歷史。它的鋼齒和鐵輪俱無情，但惟願掌操縱桿者深明平衡的大義，凛於「大曰逝，逝曰遠，遠曰返」的教訓，在快中給慢留一席位。

一九九三年十月三日

凝佇樹樹新青

每見大樹被暴風吹折，不免哀傷，但遇到大樹無辜被砍，卻難禁痛悼之餘而憤怒！當然，指揮手下上前持電鋸向樹行刑的人，或官或管，起碼總有點權力，不然誰能動得大樹分毫？

近年樹死樹傷，最牽個人情懷的是皇后大道東面向堅尼地道口的斬樹活動。理由好堂皇，要改建律敦治專科醫院嘛。如今工程早完竣，但細察之下，並不覺得當日砍殺有何合理之處。去掉大榕樹，僅代之以草坪或甚麼的，在都市日益污染的今天，豈非罪過？那棵樹，筆者唸小學的時候已無限景仰，它長了數十年（也許過百年）才有那龐鬱籠葱的格局，卻不料在發展的大牌子下毀於一旦。皇后大道東之於我，感情深厚，正因為深厚，如今每過律敦治醫院前門，一步一回頭，一切齒！為此事曾想及，這件砍樹植草大計也許是某些人受風水觀念作祟，因爲風水之道頗忌林木。移民美、加等地的臺、港人士，買了房子之後斬伐屋前屋後大小樹然後鋪三土合地的太多了。很野蠻，很可鄙！

另一頁恨史寫在本人工作所在地嶺南學院門前那條小公園後邊的路上。小公園青蒼流碧，造福群黎自不待言。但不知怎的，有一棵幹直枝高的行人道上大樹竟觸了某方人士之怒，在一年多前慘受斬平之刑。所謂斬平，即用電鋸把樹幹貼地來一個橫削，於是樹心與年輪盡顯於世人眼前，樹液如血，流盡後凝於塵土，合於雨露。多年高直，不到半小時變得低矮與路齊，行人可以踏而過之，駕車人士可以把駕駛盤一扭，讓四輪中的兩輪上路，然後停在原來大樹矗立之地，這亦可謂人類作孽的不可恕。爲甚麼要砍樹？觀樹、看事、定案，啊，作孽不外爲了提供多一點停車位，讓那些不法湧上半邊行人路的貨車方便方便。

大樹一去，連將軍也感飄零，何況黎庶！此所以每天出入校門，筆者絕不能效王羲之〈蘭亭集序〉所云「情隨事遷，感慨係之矣。」雖然到今天才發而爲文，但嗟悼的心懷，出入夢魂和現實之間，掩映在眼簾和心底的縫隙，具體到有如每天吃飯和睡覺。

該樹授首後的三個月，在根部突出路面的小縫間居然長出幾星青青。樹沒有死！接著青青復青青，十週八週後，嫩芽成弱枝，居然亭亭盈盈地挺起腰來達一、二呎高了。但，不旋踵，卻給過路人辣手摧殘。事實上再生的嫩枝是無論如何長不起來的，因爲到了一定高度，必然給霸上行人路停留的車輛撞折。對此，除了再三嗞嗟，還有甚麼本事能助那原來碧染一方的青直？

這回暑假過後，不料竟有迎人的驚喜。那一段路加上欄杆，車上不了行人道作路霸，於是那棵受刑大樹的一角盤根之所，再沒有強徒多加理會。環境既造美，從地下冒出來那股綠色力量，又一次釀芽、吐葉、伸枝，如今已高達六、七呎，完全有了小樹的秀美風神了。

另有更大的興奮是學院近寶雲道那大片山坡的新植樹林。誰植？風師、雨伯加上一群挖石修山坡的工人。這段故事不乏大自然的浪漫，理合從頭細道。

話說那山坡被判爲危坡已多時了，原因是鬆鬆的泥土，斜斜地、險險地抱著好幾噸散落上下的巨石。石旁那好幾棵臺灣相思樹像保母，據說也負點保衛山坡的責任。然而，風雨颯颯之後是激流沖，總難保頑石哪一天不會轟然飛躍落到教職員、學生出入頻繁的路上。安全第一，山坡修葺，結果石和樹一律在隆隆連聲且噓氣舉臂的剷土機和起重機扶持下，分批分時，上貨車，呼嘯往無何有之鄉移民去了。山坡安全過來，然而碧青的臺灣相思樹卻遠逝之後，剩下的是較平坦光滑的山坡，加上黯黯的相思之情，在疏短的小草中惆悵盤桓而不能去。

想不到經過千百個以上無歡的風雨時辰，山坡喧然怒放出好幾十棵嬌綠到會笑會跳的幼樹。它們全屬臺灣相思的兒女。啊，去了四五棵大的，如今補回四、五十棵小的，翠翠疏疏，生氣勃勃，顯然有成林的姿態。它們的前途，比老一代自然更亮綠明麗。挖石修坡的工人，哪裏知道他們在鋸枝、毀樹的時候，直接幫助了臺灣相思播散種子呢？風風雨雨跟著嘩啦啦的吹潑，無非爲種子催生成幼樹。

於是我夢見數年後，也許在律敦治醫院正門前，大榕樹至少有一二堅剛不屈的子孫，在深層的暗土之內不斷朝著想像中的天光雲影掙扎向上，直到有一天頂著第一片鮮嫩，歡然且昂然出土，向草坡下的行人，綻開軟翠翠的微笑。那時學院面前小公園路旁那棵曾被悍然斬劊的大樹，它的再發新枝已撐起一傘傘攀及屋簷的高碧，會歌、會舞、會照拂過路的和散步的大小男女。近寶雲道那片山坡，相思不用再相思，因爲合群爲林的臺灣相思樹已經枝枝條條互牽手，它們在春末夏初共吐黃花的時節，是何等的亮金金有如晴爽的海上生明月！也許，不待一九九七，這些新綠已不用從夢中，才入眼，而是在光天化日下就能鬧滿枝頭向人間湧現。

一九九三年十月二十四日

秋來風雨

麗日清明，火氣脆美得像剛出爐的營養燕麥餅，難怪友輩津液滿嘴巴，紛紛地電話響起，都道天涼好個秋，廣撒資訊網作登山臨水大計。然而，天公不管人心思，更無視世間的雅興或俗會，他臉色一變，跟著雲來、雨來、風來。頂奇怪的，十一月了，竟然有颶風訊號掛起，但天文臺說，別慌忙，沒事情的，天氣兇不起來。

然而，天文畢竟是天公管的，所以天文臺無論坐落在世界哪個角落，老是給天公拿來開玩笑。

三號風球很無奈地高懸。說甚麼登山臨水！外面號號且淒淒，除了應景談風雨，更難尋到別的題目了。

風和雨看來是難兄難弟，合作的時候多，拆夥的時候少。如果興致忽來而單獨行動，一般而言風是較常蒞臨人間的。從這方面著眼，雨像個古典小姐，不常出關門，眞的要勞玉趾，總有丫鬟在旁作伴。風就是丫鬟了。這樣描述，實在太委屈風，因爲風在自然界似乎威猛的時候不少，它能忽起兮而雲飛揚，叫當了皇帝的劉邦也要另眼相看。雨呢，不見得有這滾滾翻翻轟轟的大力。但細究一下歷史，雨鬧脾氣若鬧大了，卻也絕非等閒之輩。世上好多民族都有相類的神話或古史，說億萬年前洪水成災幾乎淹沒全部大地。那水，就是雨示威不停的結果，這比大風狂吼怒號一場是更具氣派了。

風雨二者都是厲害的傢伙。國人無奈，只好尊他們爲神，所以有風伯和雨師的叫法。不過我們是講道德說仁義的民族，讀書人對神並不很甘心，碰到際遇欠佳時，幻想力特強，自我陶醉的本事特大，乃有《淮南子》這本古書說「大丈夫……以天爲蓋，以地爲輿，四時爲馬，陰陽爲御……令雨師灑道，使風伯掃塵，電以爲鞭策，雷以爲車輪。」口氣之大，很驚人。事實上哪能如此？但既知其不可爲而爲之，很有心理補償作用。現代的阿Q，瞪著眼對未莊的人說：「我們先前……比你闊得多啦！你算是甚麼東西？」精神上跟古人總算是眉目傳情了。

面臨風雨，蘇東坡的做法倒可以當作先進事例推廣。他四十七歲時蹭蹬於黃州貶所，下放之人，從事勞動並自我改造。三月七日在沙湖道中遇雨而缺雨具，淋成落湯雞後總結經驗寫下〈定風波〉詞：

莫聽穿林打葉聲，何妨吟嘯且徐行。竹杖芒鞋輕勝馬，誰怕，一蓑煙雨任平生。料峭春風吹酒醒，微冷，山頭斜照卻相迎。回首向來蕭瑟處，歸去，也無風雨也無晴。

詞內「竹杖芒鞋輕勝馬」當然和《淮南子》的心理補償相彷彿，但唸到末了，可見此公瀟灑得實際。雨後身濕微涼，見斜陽晚照而悟風雨晴明既爲人生不免之遇，任它去留便是了。不過學坡公頂風雨、身體得鍛鍊鍛鍊，否則冷後發病未免給風雨所屑笑。設若來頭兇而成肺炎，那更是奇禍了。笑傲煙霞問題不大，有腳力登山便可，但笑傲風雨且「何妨吟嘯且徐行」，外要有身手，內則元氣浩浩才臻於成。

香港落籍亞熱帶，是天地感應的入圍風雨區，每年吹吹濺濺的日子說多不多，說少不少。數十載以還，如果套入政治，風風雨雨更見翻泛得使人易受寒，起碼沾點神經衰弱。但風雨又是益世的，所謂春風化雨者是。甚麼人若欣然繳費入學，回報率之高也許終生受用不盡。這裏牽涉到人生了。論地區，溫哥華，五年可比紐約一載，紐約三度春秋僅敵香港四季，炎黃子孫不講開眼界、壯胸懷則已，講就要在香港才够豐富和滋味，皆因風雨傾盆。看啦，十一月了，轉眼歲闌，竟橫闖來一股怪氣，伴以豪雨漲水塘，即使家居、鄰居俱缺司晨的勇士，但心中豈無「風雨如晦，鷄鳴不已」的實質？《詩經》在上面那兩句之後，接以「既見君子，云胡不喜？」在小人聳立像山加上有時候又縮閃像老鼠的時代，渴求君子之聲是心頭的雷鳴，但合譜而成「歡樂頌」又如何，最叫座也超不過貝多芬「第九交響曲」的末樂章，即使轟入當代成爲歐洲共同體的「洲歌」而響徹心魂，但總難敵十幾個成員國互相攪動的風雨多重奏。風雨未必一來就叫世界飄搖，但世界，就是人的世界，無論古今中外，能飄搖風雨。香港一隅何能例外？所以十一月狂升三號風球，雨亦隨之，應和股票聲勢，即使一切過後皎月偷掀人間帘幕，也是朱閣轉罷照無眠。

一九九三年十一月十四日

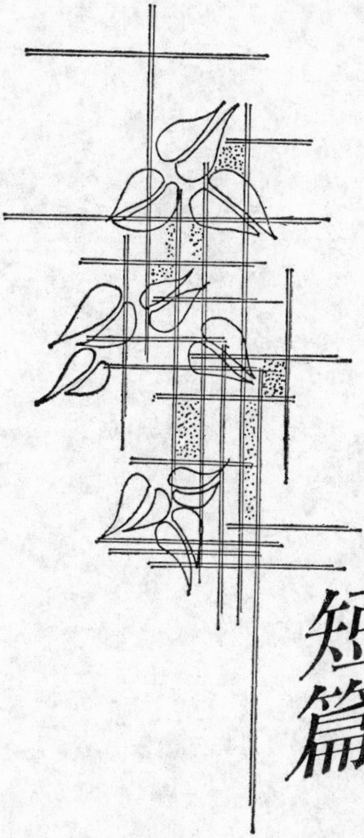

短篇

看人生夕陽

退休這件事本來很平常，很合理。人到了一定年紀，怎麼不退休？但退休一詞，在中文實在欠妥，特別休這個字，有休矣、沒用、完蛋了的意思，令人好生不快。因此往往有未退先憂，退後更憂的普遍心理。不少有辦法的在位者，無論怎樣老也不退，就是怕休和怕憂。

不知道改退休爲「退悠」如何？悠者，「採菊東籬下，悠然見南山」之意。有陶淵明爲例，退而悠，顯得美妙。王維也理當歸入這一路，看他寫「悠然策藜杖，歸向桃花源」可知了。悠然而退，不抓不爭，或者退而悠然，不憤不躁，都是人生到了晚年或接近晚年的日子該達至的境界。

此外，似乎用「退適」一詞也可考慮。適就是適意。韋應物云「適意在無事，携手望秋田」，把退後的無事看爲適意，這種心境，亦足稱賞。

講規範化的諸公，一定反對上面的話，因爲在他們眼中，把文字胡拼亂湊，簡直大逆不道，何況這樣做既沒有古籍的依據，又沒有現代任何地區方言爲張本，怎麼可以如此無法無天呢？不過，規範也者，合理之謂也，退既無需休，退悠或退適，又有何不可？

或者有人說，在人生舞臺，退的確是休的，因爲有數不盡的實例，都是退後發胖、發脾氣、發愁，幾年之間，即使不一命歸西，也會百病叢生，這豈非退便休嗎？一點都不錯，如果退休就是「得飽還思睡」（歐陽修語），又豈能不胖？胖而病，也是常見的自然規律。至於發脾氣，往往由於不平，不平之根，是覺得忽然間工作沒有、收入沒有。如果原來大權在握的，其氣更大，因爲無權顯得無名，甚至無面子。上述種種，都是愁的酵素。病、氣加愁，害在己身，又是必然的了。這樣一來，退休絕不悠然，也絕不適意，而的確是完蛋，休矣！

由此可見，要使退休成爲退悠和退適，淡泊名利與權勢是最重要的。除此之外，絕不能因退而只求休息，時刻與床、椅爲伍。雖然不一定要幹粗活、勞筋骨，但必須每天做點稍用氣力的事情，才能保持身體健康而活得悠然且適意。

走筆至此，不禁想到某些地方舉辦老人運動會這件盛事。主辦單位當然是一片好心與仁心的，參加者（六十歲以上的男女）則興致勃勃，似乎有霎然回復青春的快樂。但其實老而投身競賽，危險甚大，在一百公尺、二百公尺等類項目中，力爭上游者很容易損及心臟，甚至在衝刺間倒地不起。進一步，這樣的活動可以說有害德性。《論語》教訓我們老來「戒之在得」，競賽則志在必得，澹泊云乎哉！參加體育活動則可，競賽卻未見合宜了。

許多人擔心退休，是因爲怕降低生活標準。其實以合理的溫飽而言，我們生活在此時此地，並不需要很大的花費。如果早有未雨綢繆的打算又安於所遇，退休後的生活對大多數人來說，應該不是難題。有時候，反諷的是，大問題倒在於物質生活太豐足。基督教的《聖經》給我們看見，大衛和所羅門這兩位份屬父子的英明君主，都是晚年或近晚年時候糊塗墮落的。中國唐代的玄宗皇帝，也是如此。不少人青壯之際奮發有爲，到老年則在人生道上跌一大跤，個中原因，往往是前後左右的物質條件太好了；好到呼風得風、要雨得雨的地步，卻正是個人禍害的起頭。

眞能退悠或退適，我想英國文學家徹斯特頓（G. K. Chesterton）的態度最堪效法。他一生存著歡樂感謝的心，接受現實環境的賜與，即使小到一餅一茶，都無例外。人到此境，乃能悠然，才達到眞正的適意。這樣不必叱咤，已能將眼底風雲攝納心胸，是進是退，都可免凝滯於物了。

一九八九年二月二十日

遠託異國

移民一事，在這個世界，早成爲國際潮流了。自從美洲新大陸發現之後，英國的移民潮一直沒有停過。蘇格蘭人更會自嘲也是自矜地揚言道：「我們蘇格蘭出口的最大宗，是移民。」除了北美，英國更大量移民澳洲、紐西蘭和南非，而第二次世界大戰後，南歐人跑澳洲，中、南美洲人奔北美，直到今天還在持續。

中國人不是移民的民族，即使爲環境所迫出洋，甚至大半世在外國生活，老了還得狐死必首丘，否則斷了氣也不瞑目，所以自稱「華僑」，以示誓死不從異國番俗之意。以往南洋的華人，更忠貞貫日月。他們，第一，不在僑居地入籍。第二，不在僑居地花錢。所以，他們即使腰纏萬貫，也不建磚瓦三合土這類永久性房子，只蓋「阿答」屋棲身。阿答屋者，茅舍也。他們的田地華廈，全部坐落唐山祖國的故鄉。這種情形，在中共政權成立且大門地主之後，才開始有改變。環境既然無可奈何，華僑乃不再為僑，才死心塌地入籍他邦。另方面，許多新人和年輕人，又以神州遭刼，幻想全滅，紛紛投入移民潮，像受驚的小鳥逃撲而出，奮翅飛往籠外的藍天青林去了。此後，中國人移民乃屬常態。

移民最怕的，是受歧視，因為這是一種精神壓力，令人十分不好過。

移民最需要的，是奮鬥，因為非奮鬥實難在異地生存，更遑論顯達！

但上述二者，其實是相通的。不肯奮鬥、懶於求成的人，要獲得尊敬，在任何社會都不可能，在外國，更易遭白眼。至於說因種族與膚色而引起的歧視，其實這件事並非古已有之，但於今為烈，完全是因為國家民族地位的緣故。漢、唐之世，那有隆鼻、曲髮、白膚的蠻夷戎狄歧視過黃帝子孫？又假如今天亞洲諸國都有日本的工業成就和經濟力量，而歐美各邦完全淪落到和非洲中部國家不相伯仲，那麼，難道白皮膚在這樣的客觀環境下比黃皮膚更優秀？所以，歧視不是天生的，是有緣有故產生的。它既然因人而來，也會因人而去。事在人為而已。

要移民成功，最好看看那些成功的移民。據筆者所知，有一位一九二三年移民加拿大的老華僑繆溢衡先生，是典範。他在早期歧視盛行的日子，積極生活。他本來完全不懂英文，靠工餘自修，然後入中學，再進大學。以後經營生意，熱誠待人，不分華洋。老來退休後，還與致勃勃修讀現代文學，第一年不及合格，第二年重修成功。他贏得中外人士的尊敬，實非偶然。

另一位在加拿大貴爲BC省省督的六〇年代移民林思齊先生，認爲歧視不是問題，因爲黑髮黃膚和黃髮白膚雖然是不能改變的事實，但卻可以達至和諧。他在消極方面，呼籲新移民不要滿身港風港氣，例如吐口水、拋垃圾、炫耀財富、不擇時地喧嘩叫罵談笑等；積極方面，「摒棄舊有的思想與生活習慣，全心全意地投入社會，貢獻自己的時間、精神與金錢造福人民，自己也會感到快樂。」（方華〈林思齊貴爲總督〉）

林先生那句「摒棄舊有的思想與生活習慣」是極其重要的。那些頑固地堅持舊習氣的移民，不但自身不快樂，還會使別人不快樂。移民者不一定要全盤否定自己的文化才能在外國如魚得水，但卻必須接受當地民族的文化。其實以國際主義者的眼光看事物，華人在外若要事事華化是頗無聊的。狹隘的民族主義者根本不應該移民。

我們泛觀中國歷史，可見外人進入中國爲移民的，都接受所居地的文化甚至同化。明朝的官曾秉正奏摺曾說到：「蒙古、色目人，多改漢姓，與華人無異，有求仕入官者，有登顯要者，有爲富商大賈者。」今天世界輪流轉，大量華人移民外邦，他們雖然無需洋化到背宗棄祖，但必須認識，惟有摒棄妨礙移居地住民的思想與生活習慣，進而盡量融入當地社會和造福當地社會，才是快樂之本和成功之道。移民是人生的一大考驗，在生活和品格方面，尤其明顯。中國人中的移民潮，無可歇止。我們盼望已移的和將移的，都成爲中華民族之光。

一九八九年九月八日

追看與看追

有些旅行團以看野獸爲招徠，城市居民鮮有不動心的。「回到自然」四個字，已使人精神一爽，何況還有奔走來往的鹿、象、豹、獅、野牛、斑馬、猿猴、犀牛等映入眼簾？但按筆者數年前在南非探親順便進入庫魯格國家公園的經驗，野獸像美德，甚少亮相。原因是，第一，牠們一般都怕人。第二，牠們白天往往躲起來打瞌睡，愈是猛獸，愈加閒懶。不過，辦旅行團的很直率，他們講明，所謂看野獸者，實情是「追看」，而「追看」者，追得到則有所看，追不到時就沒得看了。不幸的往往是，追多看少。汽車在風景無可觀的叢林內，轉彎抹角，哼怪聲，噴怪氣，按野獸的理解，這應該是鬼魔一類惡物，隱起來避邪，當然是最上算了，焉有貿貿然出來拋頭露面給人看之理？只有大象是自恃剛烈而顯得其笨無比的。牠們會朝著汽車拍耳朵兼上下狂搖長鼻子，以示英勇無畏。難怪射殺牠們取象牙那麼容易。

追看野獸之苦，不在窮追不獲，乃在困於小旅行車內像處身醬缸，至終滿心不耐煩以及滿腦子的失望和失落。

每逢人在追看，野獸之輩如果勉力提起點興趣，是看追，看你們這些兩足動物在四輪怪獸的肚內隔著玻璃窗如何一身癡頑且望穿秋水。嘻嘻，奇哉！牠們會想：這一班寶貝在家有福不享，偏要離鄉別井來到叢林裏頭睹竄，而又膽小如鼠，不敢越旅行車的雷池半步，噫，此之謂人乎？

其實所有野獸多多少少總是要看追的。每當車聲一近或人聲一聞，牠們不管躲在何方，照例接受神經系統的警報訊號。若不瞅瞅瞧瞧，那是枉爲野獸了。但到頭來，人獸之間，彼此的心臟徒然多跳幾下而已。追看者追而無所看，看追者看而不屑追。和平於緊張中存在，而緊張又寓於悠閒。因爲人若非有閒，怎能參加旅行團去著意追看野獸？獸若非有閒，一定忙於覓食、求偶，無暇半睜明眸去看追了。

這是很足啟發人心且引起深思的。印度的大小聖人，所以要離市塵入森林，豈非無故？那裏一切顯得靜穆，時間從流質成了固體，然而又是殺機四伏，一刻的浴血鬥爭會轉成永恒。

可惜旅遊賦歸的倦客，沒有幾個有什麼徹悟或微悟，多半苦不敢言，恨不敢申，心中七上八落的音響，是笨、笨、笨！嗚呼，這簡直是面見如來而沒沾半痕佛光了。

一九九〇年三月

我們不屑低矮了

大厦愈來愈多了。這不單在香港，世界各處都是這樣。人口日增，高空發展最合算，那是喜歡與否都得接受的現實。

大厦的好處當然不少，除了廣容諸色人等，還方便人向著天空抒懷、歡歌、罵世、揮拳，更讓感情一時衝動的男女登高跳樓，永釋塵累。

講到感情衝動，其實即使不涉跳樓大事，許多大厦往往也叫人觸景傷情。例如，它們的地址和入口處，可能是名堂各異的兩條街道。你按正式的地址走路走對了，某厦的外牆都給你摸到了，但仍然會不得其門而入。如此這般，問你觸景傷情否？腳步與柔腸俱百轉之後，好，入口處畢竟給你揮汗獵獲了，於是借電梯著力，推上青雲。人到某層而湧出去，只見直徑四射，沒有一條不四通八達；卻不一定有牌子權充公關小姐給人做導引。你身爲來客，無可選擇，只有加入盲流浮泛，或則另闢蹊徑，彳亍獨行。此際也，腳下是躊躇的，心底是惆悵的，悽惶一番，才安抵目的地。你歎一口氣，遲到十五分鐘，已暗叫幸運了。

在這類大廈之內，訪客要是有一臨洗手間的衝動，麻煩更多，因爲這些小室，照例像化外之民，遠處邊陲。你明知道它們一定在後樓梯的某層，卻苦無把握，也絕對找不到任何公告或指示。問人嗎？問誰？有時碰巧遇到管理員了，他把手一揚，來一句「上面」，或「下面」。你依然不知所措。

上述是商業大廈。它們給燈火照得通體透亮，電梯終日閃紅閃綠，科技性多，人性少，這也罷了。想不到如今民居的大廈，也走這條路線，而任何方面稍有差池，當事人不免馬上神經衰弱。

就說最近的一宗例子吧。那天愚夫婦二人應約往友人家吃晚飯。從地鐵站冒出來，只見大厦群集，撲面作泰山壓頂式的迎客。我們舉目，乃猛然驚覺忘了帶主人家的電話與地址。妻子說她記得是第八座，但只此而已。挨到大門口，茫然了一陣子，看紅白二色在入口的號碼牌上閃個不停，不時又有對講機音響陪襯。但我們兩人既不敢貿然亂按，又不敢隨便挺進。管理員跑出來，一臉神秘幽玄，重複著說：「我們沒有住客姓名册。」至此，咫尺天涯的深義，以及「盈盈一水間，默默不得語」的詩意，才眞正體會。廢然撤出幾步，仰望大厦巍巍，直揷高空，其中某戶窗後桌上，無疑早備飯菜恭候我們。但，哪一戶？哪一窗？唉，想起大厦群尚未出世的昔日，何來這等飢不得食的悵惘！

在腸胃發警報而雙腳漸發軟的緊急關頭，夫婦二人只好鑽入附近一間餐廳喝牛奶紅茶救命。最後，幸得電話公司某好心小姐體恤下情，代尋出朋友的號碼，死結才一下子活過來。然而，那一頓晚餐，吃得眞晚。對大厦敬畏之情，又倍增了。

大厦是科技時代產物，合世情而乖人情。它們愈高壯宏麗，裏外的機關愈多。我們渺小的人類，無可奈何地，不得不賣身投靠，聽任它們各式燈光訊號和現代管理方法的指揮；只合依，不能異。甚麼東山日出，西山薄暮，全屬夢境，而竹籬茅舍那種低矮的親切，已相去日遠了。

一九九〇年五月十二日

哀哉運動

世界本來無所謂體育運動的。古時候，誰不要跑跑跳跳？是避禍也好，謀生也好，都難免。以後人類文明起來，不需要跑跳求溫飽的，懷古情多，乃喜歡看別人跑跳，於是各項體育運動，一一發展起來。從事這類活動的，稱爲運動員，甚至專業化，一生、大半生、半生或最光輝的一段人生，就跑跑跳跳給別人欣賞。目的無他，除了謀生，是觀眾的鼓掌加上無限的豔羨。換言之，最好利和名一齊來。有些野心勃勃的，還想酌添權與色。不過，四美具很難，抓獲前二者，應該也不枉此生了。

運動成了技術的表演，運動員拿份薪水，或稱津貼、獎金、補助、車馬費或什麼的，藉以維持生計，那是天公地道的。但如今許多運動項目，離不開賭博的滋擾。不過滋擾改稱滋潤也無不可，因爲有了賭博在背後撐腰，錢財來往才滾滾起來，運動本身才潤氣起來，運動員的收入數字，才拉長起來。這件公案的外情和內情十分複雜，在歐美國家，比炒股票有過之而無不及，不然打一場網球賽，大牌明星何來收入七、八萬美元？有些拳賽，勝者一拿就是過百萬，打輸了也獲三、四成，眞是羨煞窮措大。這種種，絕不是讀讀書、寫寫文章、發發空想的知識分子能知能識，但我們眞知眞識的，乃是不時見諸報章的體育消息。其中最令人怵目驚心的一項，是不少運動員早死，至於傷得一塌糊塗，那是不用多說了。

這類事是反諷之極至。運動本來應該有助健康和長壽，而結果卻是不運不死，運動快死！細究之下，卻也不稀奇，因爲這些健碩青年，例多切求名利而跑跳過度，裏頭的五臟六腑承受不住外頭的壓力與消耗，於是，時來運不至，某日一仆之下，死矣！

漢朝的陸賈在其名著《新語・愼微》篇有所謂「順陰陽以運動」。他所指的，和我們今天談論的運動並不是一件事，但原則相同。所謂「順陰陽」，也不神秘，總之動靜得宜而適中就是了，然而體育競技，有不過度的麼？運動員一上場，爲名爲利爲風頭爲觀眾，往往戮力以赴。可憐的是，過度了而不自知，更可憐的是，有所知了，但環境所迫，面子所繫，欲罷不能，於是轉而以自欺爲手段強撐下去。幾年之前，美國籃球明星漢克加特，在比賽中心臟病發，昏倒後不到兩小時去世，年僅二十三！以提倡慢跑並身體力行的費克斯，他印書講個人的經驗和道理，一下子全世界紙貴，乃名利雙收。他大概很有良心道德，不敢欺世，所以生活大好之後依然天天跑，從緩到急，從短到長，給世上有志者作榜樣。怎料一天一痛一仆一抽搐，也是心臟病猝發而去。雖然比漢克加特多活二十幾度春秋，亦屬短命。其他例子甚多，收集起來可以編一本運動哀史。

世上許多事情，本身也好，本來也好，都不害人，甚至益人，但過度爲之，更纏上名利，就往往面目全非了。這是很平常的道理，但不平常的是，世世代代，多少人都在其上失足，有些更一陷入而沒頂。

一九九〇年六月十七日

村女娥眉燕麥餅

不列顛島上，英格蘭人按傳統總以蘇格蘭人爲鄉巴佬、窮表親。只就吃這件事，已够反映那種微妙的心態。英格蘭人以小麥爲主糧。小麥能造細麵粉，身價較高。蘇格蘭人卻多吃燕麥。燕麥粗，像個粗漢，爬不到社會階梯的上層。

英國十八世紀文豪約翰生以燕麥挖苦蘇格蘭人，是文學界逸事。他在所編的字典裏頭，給燕麥下定義說：「穀類，在英格蘭一般用之餵馬，但在蘇格蘭卻以之養人。」

我們中國大名鼎鼎的李時珍，早約翰生二百多年前講到燕麥，也有類似的話：「此野麥也。燕雀所食，故名。」但論到小麥，他老先生是五體投地的：「秋種冬長，春秀夏實，具四時中和之氣，故爲五谷之貴。」（《本草綱目》）

燕麥地位低下，中西相同，難怪燕麥多而小麥少的蘇格蘭人，沒有辦法在製造上等餅乾這件事上，和英格蘭人爭一日長短。他們只能出產一項尚算體面的油酥餅（Shortbread），所謂慰情聊勝於無而已。油酥餅很濃郁甘美，但那是小麥做的，燕麥不行，因此油酥餅頗有混種之嫌，不過燕麥到底是麥，更是蘇格蘭的國麥，豈可無餅？於是，有所謂燕麥餅（Oat-cake）。但此餅粗糙，約翰生當日大概必定目之爲「餵馬」物，而李時珍假如是現代人而接觸過這項正牌蘇格蘭土產，也會說完一句「燕雀所食」之後，不屑多顧。

油酥餅在香港原來銷路不壞，看超級市場多有出售可知。然而近年似乎春盡紅顏老，因爲講保健的民眾日多，他們雖然會因一時濫情而傾倒於香膩，但頭腦一旦清明，總因它的致胖力而心驚。按這個社會趨勢，燕麥餅應該有出頭的日子。它的淡和粗，可以說正合時宜。但，不！它在香港，芳踪渺渺，只有在若干賣「怪物」的店舖，才在架上黯然半遮面。看情形只能受懷鄉病重的蘇格蘭人呵護。

香港華人的心理眞矛盾。一方面要緊跟現代，惟恐落後，於是怕胖、怕膩、怕黃油，甚至連白米飯也日漸敬而遠之，至少不敢多惹，但另方面又忘不了傳統口味的「香滑」。對於分屬健康食品的燕麥餅，乃缺乏捧場的雅興。洋人中瞧不起蘇格蘭老鄉的英格蘭人，又以吃燕麥餅有損紳士形象，所以，此餅在香港的命運可知。村女娥眉，難爲時賞，此之謂也。

一九九〇年七月十五日

有大用的文學

文學於今代之爲用大矣哉！

上面這幅彩旗一揚起，恐怕不免給人罵：「你發瘋了！你以爲自己活在唐朝的長安或洛陽麼？」事實上，正因爲人活在香港，文學大用的感覺更強。先說古代以明其理。那時候，文學的用處是大到迷人的。最普通也是最光榮的一樣，是可以靠它一躍而榮登仕途。之後，爲己、爲友、爲家、爲國、爲利、爲名、爲權，以至「顯父母，光於前，垂於後」，才有著落。其他的用處也不少，例如朋友應酬、親族往來，以至浪漫性發而寫詩、挑逗某女子芳心等，都是很實際的。但上述種種，如今似乎已成大江東去，叫有心人好不傷感！

可是，想深一層，卻又興奮起來。這事要扯遠一點來講。首先，今人的精神病例多於古人的。問原因，幾乎初中學生都會答，說是二十世紀末的生活太緊張，多唸了幾本書的高等學府學生，還會搬出一些玄博詞兒，例如現代人際關係脆弱、疑懼感重、物質慾強、失落性高等等。上述的話無疑都對，但有一樣多人忽略的，是古人搞正經事離不了文學，弄無聊事也靠文學，萬一到了無所事事的老境，窮途哀境或貶謫逆境，更緊依文學。文學舒困解愁的功效，比什麼藥和看醫生都便宜和直接。眞正浸淫文學的人，一卷在手加上一筆一紙，身上條條神經以至整個神經系統，莫不操作正常，而且，豈止正常，有需要時，還助人奮進到所謂「飄飄有凌雲之志」了。你看蘇東坡，一生際遇像大西洋海浪，漲落的幅度和險度驚人，假如他缺了文學，不神經衰弱以至精神崩潰亦難矣。或者有人駁道，坡公那枝履險如夷的人生手杖，佛教也，非文學也，但證諸事實，他心中和筆下，都是文筆多，佛事少，正如他倡導的東坡肉，其中主要的是豬肉，鹽糖之類，加進去調味而已。

由於文學這東西，君子起來無疑好看，但小人起來，在現代的實用性更大。它罵人、捧人、刺人、砸人，方便極了，白紙黑字唸下去或印出來，即時化解心中的怨、妒、戾、惡、瘟諸氣，還有什麼神經失常問題？文學昌昌而人人文質彬彬，事小，但疏洩鬱結情緒，管它屬君子或小人範圍，對當事人來說，總是療效功高的。在電腦日多的時代，應該文學愈盛才算合理，否則，你看啦，如果有錢的社會只傾向聲色犬馬的娛樂，到頭來必定精神病患愈來愈普遍，罪惡愈來愈蔓延，到一天，社會不垮才怪。

一九九〇年八月二十八日

何處覓原形？

古代，甚麼就是甚麼，所謂原形畢露，隱藏眞相的情形不多。例如說，門是木造的，它是可見的一塊樹幹，其中的紋理，一圈一線，莫不有踪可追。但現在，不論門、桌、椅、几或別的家具，要說它們甚麼才好呢？它們是許多種原料或廢料的合成物，靠化學黏聚之功，打打壓壓烘烘而出廠、而出售、而進人家。你坐在其上或其側，明知它們複雜，卻說不出它們的肚內乾坤。

說食物，更是這樣。以往殺豬見豬、宰牛見牛。我們中國人的菜市，去古未遠，所以還不至太離譜，你要的話，還可以在肉店看見神態宛然的豬頭、豬腳、豬尾等原形肢體。可是進步了的超級市場，裏面所賣的肉，普通人是不容易猜出它來自某動物身體的哪方的。至於現代人的大方便，如罐頭午餐肉、香腸等物，其中肥肉、瘦肉、水、鹽、糖、粉、味精、防腐劑、人工色素等攪碎拌爛之後，先是一堆迷離混沌，再而調整一番，因大團結而成形，至終方圓不一，百態俱備出場，叫人面對它們而深感茫然與惘然。不管你小嚼一兩片或狂吃一兩罐，總之勢難估計已落入腸胃的營養素是多是少。美國有人作過香腸的研究，報告說一磅香腸，其中具上等營養價值的瘦肉，最多只有兩安士半，即五分一而已。

看光景，世界愈進步，種種東西，吃的、穿的、用的，愈來愈難見原形，都是混雜多類物料經高度化學過程出產的合成品。外表是色、香、味、形俱動人，但動人未必益人，因爲其中眞正的價值往往不高。由此可見，這是一個多麼力掩原形而專靠外表欺人的世界。

物既如此，人亦隨之，於是我們可以很容易看見，現世的男女，立身行事而原形畢露的，是少之又少了。大家都變成蚌族，除非被威迫，絕不打開自己。他們又像上述的合成品，大部分變爲合成人，除了必備的血肉之軀，身上的原料，不外笑臉、邪心、詭計和手段。講學歷、講資格，也即講包裝，都是無懈可擊的，但論道德，說仁義，則不必了。物也好，人也好，在只懂高唱商貿而無視全人教育的社會，必然只有外表而缺原形。

一九九〇年八月二十日

不知水味

以往，稍窮的人是吃不起肉的，所以有「三月不知肉味」的淒涼語，但如今世界，這句話在不少地方已經變得很可笑了。就講香港吧，除非你立心茹素，否則路上快餐店林立，飢時啤酒一罐、鷄腿一隻、粉麵一大碗，普羅男女都吃得起。酒池肉林，實際極了。不錯，現代人天天知肉味，但他們當中，許多卻是三月不知水味的，有一些，恐怕三年也不知水味。少數的，那個數字高達三十年也不稀奇。這個現象，看來聽來很怪異，但事實俱在，不由你不信。

不知水味的人是因為他們不喝水。他們喝什麼呢？天天映入眼簾的事物告訴我們，是啤酒、咖啡、茶或甜飲品。許多人自小孩子時候開始，已練就不知水味這門工夫了。環境也是迫我們要不知水味的，因為不論你的腳步移到何方，口一渴，眼一望，啤酒和甜飲品的店舖和廣告，就向人微笑招手了，你於是應命。說到探親友，或上某機構、公司等地方見人或辦事，對方不殷勤則已，否則一定有咖啡或茶恭送到你面前。如果你不好色，堅持要一杯無色無香的水，主人會大吃一驚說：「喔，你喝水？」意思是：「唉，你這個怪物！」

喝紙盒裝甜飲品，在許多人感覺裏頭，簡直是時髦的象徵。手執紙盒、口啣吸管，邊走路邊飲啜，這個青春形象處處是。至於飲完之後，昂著頭，隨手把空盒和吸管向左或向右一拋，那更是瀟灑的極致了。

在我所教的學生中，有不少每天一踏入校門，就帶著朝聖的心情趕往膳堂買一杯塑膠杯盛載的咖啡或奶茶才進課室的。他們，二十歲以上，書念多了，不屑與小孩子同流合甜，所以還沒畢業出社會做事，已經和咖啡或紅茶私訂終身，且預算廝混一生的。

現代人愈過愈少心腸潔白的了，因爲自幼時起，內臟已經給諸色甜飲品染成七彩。以後酒來、茶來、咖啡來，又從七彩轉入靜定堅韌的棕黑，裏頭多的是，不用說，酒漬、茶漬、咖啡漬，有時還酌加煙漬，獨缺水漬。

今人少飲水，甚至不飲水，所以也不思源，難怪薄情寡義，不是以甜爲念就是以苦澀爲尚。清淡既已作古，清芬清德，自是相去日遠。

一九九〇年九月五日

文字禍

數年前，相熟的好幾位朋友，包括自己，寫過至少有四五篇文章，指責冗言贅語以及惡性西化句子的不是，然而我們這些讀書人，無權無勢，也沒有兼職從政、經商、當議員或做社會賢達，白紙黑字一番，沒有激揚輿論波瀾是命定的。時至今日，看各處中文世界，執筆之士的產品裏頭，不堪卒讀的文字，更有增無已。

如今給句子充潤的字眼，「進行」和「研究」很流行，於是「定於明天進行燒烤」、「在禮堂進行提名」等表達法就隨處可見了。「研究」這兩個字本來很嚴肅、很學術，但現在許多人寫了點細碎的東西，例如讀後感、書評之類，在題目上也硬要塞進「研究」。有些人費了點心血出一本書，裏面滿滿的是資料；止此而已，但也冠以「研究」大號。辛苦一場是值得紀念的，收集資料的功勞也不可沒，但是否有研究，那卻不一定了。如果辛苦收集就是研究，那麼拾荒的，個個是研究員。

熱中大吹大擂的心理已成病態，與此有關的細菌，在共產黨發紅發紫之後向周圍滋生。來龍去脈，也許不離社會主義者說話下筆習以爲常的革命家壯語。革命不壞，豪壯更佳，但天天惟作無原則的濫施，事情不但變得滑稽可笑，進一步更會禍國殃民了。這種文字，往往顯爲疊床架屋以及小題大做。不說「讓我想一想」、「我懂得乘火車了」、「他在清理房子」、「他經營很成功」，而要說「讓我思想鬥爭鬥爭」、「我掌握了鐵路的交通情況」、「他在房子裏頭搞衛生」、「他作出了很成功的經營」，這豈非長醜兼備？

一九九七日近，香港好些人惟恐落伍，於是也加緊長醜兼長臭。另方面，又媚日成風，於是又有「髮の廊」、「水の遊樂場」；出版界則滿眼「物語」。最近筆者看見一間賣眼鏡的，名叫「眼鏡九〇光學專門店」；一個話劇團，稱爲「進念二十四面體」。這些，算是甚麼話！

說到臺灣，它跟大陸和香港都隔了一道大水，而多年來文壇興旺，文字一般而言是較可觀的，然而近來也出現一些怪胎了。不知道是不是和開放政策有關，不自覺受大陸無產階級不自由化的精神污染。且看：「這本書的作者在文句的順暢性上做了相當大的努力」；「他建議我們把所定位的訴求作正式的表達」；「決定予以收回並予拆除」。要聲明的是，筆者是從羊憶蓉先生的文章上抄來的，而羊先生則錄自某作家的一段話。羊先生認爲，上述三則文字，只需簡單地寫作「這本書的作者用心使文句暢順」；「他建議我們把具體的目標說出」；「決定收回並拆除」便够了，何需長氣累贅？他說得對極了。

臺灣文學界中人有一本刊物，裏面常有所謂學貫中西的專家撰稿，然而不少文章幾乎句句磚瓦砂石，和大陸的某些翻譯，完全可以結成死黨。抄一則吧：「假如你將文學的或其他的話語作爲語言策略對待的時候，而且同時對它們的生產者即作者的有意識的控制要求過高，我想應該通過有意識地挑選那些有所控制的文本來回應這個問題。」甚麼人唸這句話不氣絕？也許這不是學貫中西之錯，而是文字亂貫中西之害。在這個虛張聲勢的世界，這類文字似乎是要不斷出爐上市的，因爲它最大的功用是唬人。許多讀者唸下去唸不通，看看作者是某某教授或博士，自然只會怪自己不懂高深學問了。

冗言長句，顯然和執筆之人頭腦不清、功夫不够或火候不純有關，而裝腔作態的心理，亦害人不淺了。把小事化大，將無聊作宏壯，結果，醜惡兼備。然而，嗚呼，文字！

一九九〇年十月十六日

新之險

世界發展到今天，可以說新居大不易。這不一定指價貴買不起，乃是說即使有錢且拋擲現洋無吝色，入住新房子依然像娶新婦，一則以喜，一則以懼。人與人之間，怕的是彼此不適應，至終滿室怨氣和瘟氣；人與物之間，怕的是它適應你而你不適應它，因爲當代的新房子，上自天花板，下至每一角落，日夜抒發毒氣，是引起癌症的毒氣。

這件事，要先稍談歷史。就說幾十年前吧，那時候，所謂家具用具這些東西，全屬木頭和銅鐵類製品。此外，和人身接觸較多的，不離絲、棉、毛等衣料，都跟地裏所藏或地上所產有直接關係。它們雖然不以本來面目和人類見面，但在加工過程中，沒有沾上多少化學藥品，所以登上世界舞臺，都以服務爲職志而不害人。可是如今科技進步，工業已經在實質上革命、革命又革命，革到今天，簡直要奪人性命。且細心想想吧，除非你堅決與文明爲敵而跑到非洲、婆羅洲、南美洲等地叢林生活，否則家居之內，有幾件用品是和化學藥物沒關係的。

我們只需舉個簡單例子自問：我們所見、所用的種種，有甚麼是純木頭製品？這一問，大家心裏有數了吧。老實說，這些年來，要找一塊出自大樹幹的木板，已經不是易事了。板當然多的是，但都是塑膠料子的，或者是木屑加大量化學製品的合成物。它們儘管外表像木頭，裏面卻沒有多少木的成份。它們看似你的忠實奴僕，暗地裏卻天天謀殺你，因爲它們和化學永結不解緣，發誓時刻放毒氣。

環保專家已發出警告，現代人的居所裏面，時刻發放致癌物質的東西太多了。從大處著眼看，天花板、地板、地氈、窗簾、牆紙、沙發、衣櫥、大門……有不和化學藥物熱烈打交道的麼？塑膠料、染料、顏料、油漆料，這些兇手在家居內密佈天羅地網，以無形的氣息，義務爲現代人製造進入內臟的致癌物質。由此可見，新居非福。斥資換新家具、新設備，差不多等於出錢買殺手暗害自己。英國十八世紀文學家高爾斯密（Oliver Goldsmith）說過：「我愛任何老東西。」這句話，今天竟有避禍的積極意義了。

一九九〇年十一月二十二日

抒情

講下筆爲文，從分類來看，抒情最易，敍述其次，議論最難。議論需要有事實的根據，邏輯的思維，無論哪一方帶裂帶漏，文章就蹩腳。敍述文可以避開議論與邏輯，其中只要人事物安排合序，加上文字修剪得體，已經不錯了。說抒情最省事，因爲這基本是主觀的玩意兒。人生情懷萬千，大部分無所謂對與不對，邏輯不邏輯，總之，絲絲縷縷，任得你抒，而且可以信筆揮擦到漫無邊際而不逾矩。此所以中小學生不少追隨某些先賢，喊花啊、月啊、人兒啊等等而樂此不疲，這也說明文藝青年輩爲甚麼常常纏戀著詩歌以起家，而曳筆運思，又愛耽於抒情詩而獨鍾情詩。他們甜苦交迸到頭上青絲委頓不饒人之後，要嗎深化感情，而揚棄幼稚之後開闢廣遠的文藝領域，要嗎一念少作，就羞愧得無地自容，難禁怨罵自己當年誤交損友，結伴墮文藝泥潭而至終弄成一身一臉俱汚穢的啼笑皆非結局。

抒情往往不需要大量積學做根基；憑倚的，是欄杆、不是學問，所以講學術研究的人例多瞧不起抒情男女，總覺得他們春花秋月，藍天白雲地恍來惚去，無聊得兇。做生意的人更會進一步敵視抒情，認爲這宗惡業不是賺錢門路；正因爲它不謀利卻偏會黏膩買賣的雄心和壯志，乃定之爲惡上加惡。

天下間，許多容易做的事要做得好，卻是很不容易。例如，說話，除了啞巴，甚麼人不能？但要言必中的，且雅美簡健之外無時無地不起正面作用，這功夫一生一世學不完，其中善境，一層比一層更深遠。同理，抒情一事，小學生都會，但要抒得可觀賞、可咀嚼，文字不知道要下多艱苦的錘鍊，人生不知道要體驗得多透多深，才能達致。

中國文學自古迄今，抒情氣息瀰漫。劉勰在其名著《文心雕龍》說「五情發而爲辭章」（〈情采篇〉），道理俱在，而稍後提出「情者文之經」以及「況乎文章，述志爲本」（同上），就更強調了。中華文化整個結構，和人之情大有關係。情入目感心之後，倩筆頭抒發，是古人所謂「固其宜矣」。抒情甚易，因爲誰能張起眼目打開心懷而無所感？然而情眞意切之外兼理明辭麗，特別在當代，卻要亮起探射燈才方便搜求的，因爲許多所謂熱烈動人的文章，其實是濫情之作，把少男少女的浪漫心扇得爐火通紅，結果像午夜後的殘爐，一堆灰溜溜而已。願天下人更多具慧眼，細辨情文，功德無量。

一九九一年七月十二日

病之不足，病！

不久之前，八月十九日至二十一日這幾天，應該是今年大事中的大事吧。在這七十二小時之內，蘇聯的要人，據當時報導，紛紛病倒！首先是第一號大員的戈巴契夫「因健康理由不能履行職務」，稍後外交部長別斯梅特克因病請假，接著總理巴甫洛夫也住進醫院而辭去某些職務，最後是國防部長雅佐夫病到連部長也幹不了，很有忽然中風不起那一類姿態。最後之最後，案情大白，上述各顯貴，沒有一個是眞正病過的，但心情之緊張和疲累，一也。

以病做大招牌、小標語、鎖子甲、避彈衣等等，古今中外，例子甚多，而富貴中人，更不時「病」得七零八落，不過總不至於所謂「仙遊」就是了。無病之「病」，人心所寄望的，是它的救急扶危功效，就如蘇聯那幾位緊急狀態委員會委員。他們首先誣別人病，稍後看光景不對了，馬上閉門稱病。可惜病不是萬靈丹，它有時具療效，有時無非害人倒地後繼之以關監牢。可見其藥性頗不可靠。

中國人最了不起，在病這個字之外，創造了「痾」(疴)。痾是病，又可以是怪異之病，有需要時，又解仇隙。一身三職，簡直多才多藝。政要們看中了它跟著弄上手，但不作金屋藏嬌之想，而志在供諸同好，於是，給它一個雅號，是爲「養痾」。記得自己年幼無知時，以爲痾就是粵語的「肚痾」，而肚痾即拉肚子，於是因飲食不調頻上厠所而遇到要寫日記作業給國文老師，乃自歎不能上學是在家養痾，實在既無知又褻瀆清雅。養痾一事，豈能跟拉肚子搞在一起的？雖然按學理講，拉肚子也屬病，但總不能和養痾一起登天堂。我們華夏之民有這痾字，是幽思凝聚的神妙結果。

民國一、二〇年至三〇年代，出國養痾是很時髦的，不但時髦，而且高尚和嬌貴。往往平地一聲雷政局徒變，十天八天之內，就有某頭頭患病而需要出國養痾的新聞見報了。至於是甚麼病，誰也不知道，許多時候連當事人也不甚了了，只懂得忽然間背後冷冷的有槍桿子發令說你這傢伙非到歐美和日本病個一年半載不可！於是病號行矣，尾隨一班乘便也去同病相憐的男女。健康欠佳這樣欠法，實在壯觀。

這些人馬履足蠻夷之域，既不打針吃藥，也不住進醫院，只吃吃睡睡玩玩，有種的，就看看書、吟吟詩。這一切，證明要養的痾，是痾字第二義所云的「怪異之病」。中國人的怪病洋人哪會醫？自己養養就是了，而眞正養的，是痾字第三義的「仇隙」。仇，或下心頭，或上眉頭，有機會總得報，否則就是小人，不是君子，這是大丈夫養痾的大義。所以，痾養好了回國的高士，還是有許多人爲他提心吊膽的，怕他舊患未清又加上新疾積累。

痾之多義性自然引入玄秘，此所以洋鬼子跟我們相比顯得萬萬不如。他們只會演滑稽戲胡亂病一病，就如蘇聯那幾個想翻天覆地的委員。他們無論如何不能領會華夏之痾的體大思精。

養痾當然可以很浪漫地泛入文士之室和閨女之閣，例如魯迅說過甚麼伏在丫頭肩上賞花小咳兩聲而輕吐一口鮮血之類。不過這太奢侈，徒然使人望風懷想。反而在女孩子當中流行古今中外近乎痾的，是她們口中那句「我不大舒服」。這一招，在拒絕可厭男士邀約時，要出來最爲得體。這當然不一定有「仇隙」，但「怪異之病」是肯定的了，因爲怪到有病不延醫吃藥而蹦跳嘻哈不減平時，這不是異是甚麼呢？「我不大舒服」這點痾法，最大功效是讓對方大不舒服，接著知難而退。

噫吁戲乎，我們病之不足還有痾，你看中文多了不起。光唸番書之輩，快作浪子回頭打算吧！

一九九一年十月九日

忍之難忍

近年凡是中文勢力或具影響力的地區，「忍」這個字，有大行其道，一字獨秀的光景。日本人書法比賽，寫「忍」字的不少；南韓的防暴軍警所持那面盾牌，漆上「忍」字；臺灣和香港好些工藝品和春聯等，以「忍」為標榜的很吃香。有些家庭，乾脆在大廳上掛個大「忍」字，算是家教或祖宗聖訓。只有大陸，似乎不多見「忍」踪。熟識內情者說，如果在那裏高張此字，有暗示社會主義制度難熬的意思，跡近反革命，所以勢難流行。由此可見，忍的需要，在資本主義社會，是有識之士所認同的。在別的社會有希望萬事純化而免此累贅。

一點也不錯，住在現代化，又是資產階級囂張的地方，人人開口民主、閉口自由，而民主自由的定義，無非大家吵，所以意見特多，音浪特洶湧。如果要干涉別人，到頭來可能會干涉到自己，結果只好忍了。忍到隱隱待爆的地步，要嘛滋生胃潰瘍和十二指腸潰瘍，不然就是媽的一聲，忍無可忍，噴出臭罵。資本主義社會這點共相，是常見的。難怪喜歡安定不繁榮和少想免忍的人，寧選社會主義而遠避資本主義。

忍這一個字，孔子早就用了。不過他所說的「是可忍也，孰不可忍也」，火藥氣味有點嗆喉嚨，頗不符慧心人的期望，而我們現代衆生講忍，存心是沿佛經那條線的。就是所謂忍耐。且看《瑜珈論》的說法：「云何名忍？自無憤勃，不報他怨，故名忍。」也即六波羅密之一的忍辱是也。有學者說，這個詞出自梵文 Ksānti（譯音羼提），所強調的，乃是忍受諸侮辱惱害而無恚恨；能無恚害，全因生發了大悲心，此心之興，由於認識並看透了世情和世人。

說到這裏，不能不深感存心向佛是一回事，慧根有無和有限是另一回事。成語云：「忍辱負重」，正好說明「是可忍也，孰不可忍也」的心態。既以負重連於忍辱，必多恚恨，何來佛德的「無憤勃」與「不報他怨」？唉，難矣哉，怪不得我們肝氣蠢動之際，會拍案吼一聲「佛都有火」，藉此證明自己一介凡夫暴躁以至暴亂之有理。炎黃子孫到底是方便向孔子效忠的，看歷史最易明白。起義，或稱鬧革命，是因爲不能忍，搞反革命，同樣是不能忍也。能的事，不用掛招牌，更不必自勉。正因爲不能，所以我們才舉起「忍」這個擘窠大字。

一九九一年十二月三十日

強勢下的弱聲

強勢文化有如強大的武裝部隊，它的攻佔和征服本領，以至其後的鎮壓本領，可以說厲害非凡，與它一經接觸，很容易就在潮流中沒頂了。

今天強勢文化的代表，衣方面，是牛仔褲；吃方面，是漢堡。衆所周知，這兩樣東西在世界幾乎哪個城鎮都有。它們從興起到流行，數十年來，勢力日大。

其實就事論事，牛仔褲好在哪裏？在香港這樣的亞熱帶地區，牛仔褲一年有九個月，都叫人不舒服的，它窄、硬兼備，除了做粗工不易磨損，其他好處實在談不到。夏季更要命了，褲裏頭的大腿、小腿以至其他乾坤，釀就的，只是一泡臭汗。

牛仔褲由於難洗，許多人乾脆不洗，或不大洗，於是骯髒成風，很不值得推薦。

漢堡呢，名爲牛肉作餡，實則摻入不少攪碎了的雜肉，肥的和半肥的一大堆，混合了人工色素、人工香味、防腐劑等。它們一古腦兒湧進吃者的腸胃，所起的積極作用是不多的。可是這個世界，凡自稱文明的地方，有不穿牛仔褲和不吃漢堡的麼？在這個強勢文化兵臨城下的日子，你抗俗，就是落後，就是老土。如果你不給孩子買牛仔褲，不帶他們去吃漢堡，左鄰右舍都會說你折磨社會的未來主人翁，並且判你不近人情。

強勢文化無論打到哪個角落，總以一大班庸陋男女爲先鋒，爲敢死隊。這是另一種人海戰，靠喧囂造成聲勢，然後把數以千萬的老百姓席捲而去。有了這個基礎，它無往而不利。

當然我們不應該輕率地全盤否定外來的強勢文化，但可以肯定它並非面面完美。既然如此，單線地以夷化夏或以夏化夷的作法，都屬愚昧。清醒地、按程度地接受或揚棄，才是眞正的「拿來主義」。

一九九二年四月十六日

漠漠濛濛的光輝

人生似乎無所謂生，因爲到頭來終於一死。在大限未臨之日，事實上是走在生死邊緣罷了。這點思想，自己在幼年時已經朦朦朧朧有所覺，原因大概是環境淸寂，而在所住的地方，只要登樓上陽臺朝西舉目，就見墳墓成堆，在山丘上起伏像大魚，有隨時開口呑人入土的姿勢。

以後在香港唸小學，居鬧市，不知墳墓爲何物，但每月少不免兩三次，有出殯的行列拖著淚濕的鉛步倦曳過門前。哀樂悲切，照例把多年前的疊疊墳影吹漾上心頭了。

抖落童年的懞昧，一邁步，已入靑春，但扔不掉的，竟然是墳。因爲在南洋教書的日子，校門口長長的一列高樹下，横七豎八木牌子標示的，全是穆斯林人士的葬身處。

以後在加拿大過了幾年勞神的日子，生死不知，但跑到英國唸書之後，墳墓又再度蜂擁進入生活了。所居兩面有墳場，要跑步，往那空間的東邊；要躲進密林幽徑咀嚼塵累，屋之南那片專埋骨灰的淨土正合適。

歐洲事了而竄回北美之後，在東部謀生的歲月，公寓街口對面是墳場。那裏無樹不高，聳立得蕭疏多致，每遇新月初長成的晚上，樹與月，月與樹，組成直線、曲線、斜紋和一痕半圓的有情繫結，但天上地下所傳遞的，不是溫馨，只是淒寂的孤涼，幽幽地在耳畔、鬢邊，密語著無盡的人生消息。躡足閃身進園，在披離的樹影中移步，輕悄像游魚在海底水草中無聲有韻地穿插，此時此境，死生兩界悠然全泯了。是鬼魂、是神仙、是天使、是血肉之軀，如有所遇，不用行俗熱的客套禮，彼此只需眼神一揮，淡繪半絲莫逆的笑意，已夠了。君子之交，翛然不顧恨。

從大西洋的水濱流返舊鄉，只見香港維多利亞海港碧豔勝當年。卜居中文大學宿舍，最初頗驚訝西南方之沒有孤墳點綴荒地，但，且慢，在低丘卻高立兩三列盛載死人骨灰的陶甕(俗稱金塔)，這些象徵性墳墓叫我感悟天意之厚。它，無礙西東，無時不寂然震醒愚頑。生不離死，死不離生，這原是渾然一體的妙道。

中文大學的光陰像老牛，用了九年，才把我拖出校園，而渡海、而上港島、而登半山進嶺南學院。

風光冉冉乍陰乍陽的一天，我第一次踏足入愛華堂十樓的辦公室。推窗外望，眼下司徒拔道無時不動的是成串的汽車，再下卻是無時不靜的天主教墳場。好，從象徵回到現實。藍天、綠蔭、墓影，又重拾故人情誼了。如今，七年於茲，每當偷閒外眺仍摔不掉案牘的勞累，就忽爾神往莊子〈齊物論〉那項「乘雲氣，騎日月而遊乎四海之外」的太空風流，但一念自身暈眩於人間的大小漩渦，又少有不效南郭子綦的「仰天而噓」了。可幸，如果目光轉低接著耳輪轉強，下面千百墳墓默默依依上傳的繇蠻好音是無時不清明的。它是，聖保祿所言：「這必死的，總要變成不死。」（〈哥林多前書〉十五：五三）更是〈齊物論〉的精華：「死生無變於已，而況利害之端乎？」

從幼迄今，墓的啟示，如霧。在那漠漠濛濛的背後應是初陽的明煦。

一九九二年六月一日

兩思

這些日子，一個多兩個月來，雨下得情長意切，眞叫人依戀那首舊日流行曲的曼靡之音：「教我如何不想她」。她，雨也。

晴天催人活動。談情說愛、從政經商、炒樓賭馬、走私運毒、打家刼舍以至傳佛祖講耶穌，莫不相宜，但下雨，尤其週末下大雨，只好死心塌地龜縮家內。活還是活的，可是動卻不易。

香港這地方，許多家庭都沒有大量餘地給動者施展拳腳的。由此可見，雨中枯守公寓像老僧，沒有比參禪更合人生節拍。萬一缺了這條慧根，則不妨搞些靜中仍動的玩意兒，例如加速腦細胞運轉率，也即催促甚至強迫腦筋去想問題，學做半票子的哲學家。至於想甚麼，是甚麼都可以想，只要不圖謀傷天害理的勾當就算記一善功了。如果頭腦空空，有辦法，閱讀便是，但要吃硬不吃軟，否則頁頁紙紙盡是俗物，俱成輕薄煙雲，眼前一陣又一陣無非黑、白、灰，哪有甚麼可鍛鍊腦細胞的？

也許迷信，我總覺得太陽是思想之敵。它赫赫煌煌遍灑紫外光，還要亂射別的甚麼線。這些妖怪傾巢起鬨，人腦就熱了，一熱必痲！下雨卻大異其趣。它淅淅瀝瀝，音響綿綿靱靱具永恆感，涼、清之外恣意吟哦，最能觸發翩翩聯想，或出神或入神都絕妙！它有助腦筋編整成爲體內思想工程部隊，逢山開路，遇水搭橋。老實說，馬克思之能寫出浸透千萬人心的「資本論」，是先有倫敦的雨淹濕了他。

雨往往受誤會甚至遭埋怨，看中國古人的詩文可知。這點悶氣，到李商隱手下才得消。他在唐人中，寫雨、道雨最多，也最爲精妙。聽他說「灑砌聽來響，卷簾看已迷」（〈細雨成詠獻尚書河東公〉）已够我們神往，何況後世《紅樓夢》裏頭的林妹妹，雖然宣告了最討厭李義山詩，到底還得承認，說喜歡他那句「留得枯荷聽雨聲」（第四十回）呢！

李商隱之後，宋朝的讀書人可本領了。他們多半善思考，會賞雨。陳與義並不浪漫，但居然癡情到「自移一榻西窗下，要近叢篁聽雨聲」（〈縱步至董氏園亭〉），眞虧他！

當代名畫家吳冠中先生，講他和雨的藝術因緣眞的入木三分。他說：「我自從學過水彩畫和水墨畫後，便特別喜歡畫陰天和微雨天的景色。」又說：「濕衣服穿在身上不舒服，但濕了的大自然景色卻格外地有韻味。」（〈畫裏陰晴〉）中國人，即使不是畫家，應該能欣賞雨的。我們的藝術傳統是水墨，不是油彩。跟雨相反的是太陽。這枚大火球的皇帝氣味太重，而中華民族吃歷代皇帝的苦頭早已吃到無時不病。

香港春夏之間雨水不少，若颶風有明攻暗襲的鬼胎，更會一下子叫這未來特區搖曳到涕淚漣漣。但我們可憐的人類最本事也不過像李賀所說的彈琴「逗秋雨」，要勒令風師雨伯止步或命它們滾回南中國海卻絕對束手無策。既然這樣無奈，在雨中如果無需走避山泥傾瀉或無能上街救人，何不效諸先賢對雨、聽雨、愛雨？如果因此而能思己過、念民生以至寫出現代資本論，那就不勝阿彌陀佛了。

一九九二年十月二十二日

文學怎麼了？

文學是否必淪落？文學是否會死亡？這類呼聲近年頗響。最極端的，是文學必死論。這種種，都很嚴肅！

若按白居易〈琵琶行〉那句「同是天涯淪落人」來看，淪落是因爲世局歪或個人際遇欠佳。文學若淪落，亦應作如是觀。現在的世局對文學不利是不用多說了。本來金錢物慾爲主導的社會並不自今日始，但近數十年來科技突飛猛進，提供感官享受的東西多且精，白紙黑字的文學，自然被打入冷宮。但冷宮不是墓穴，二者有生死之別，所以，文學遭鎖閉、被冰鎮、給放逐而飄泊無依，都可能，而且絕不稀奇，但不管落魄到哪個地步，它還在。

前一個世紀，上帝已死的宣告響徹寰宇，但結果只死了宣告上帝已死的人。數十年前，不少講革命的國家也因此打垮了宗教而沾沾自喜，可是今天不用定睛細看，已見上帝活得頂有勁。宗教蓬勃到像時裝，五光十色，熱鬧極了。但惟打殺是務那種革命，卻淪落，不只淪落，而且沈落。不是金剛鑽跌入池底再撈起來還是光輝熠熠的寶石，而是爛泥掉進海洋，一沈就瓦解以至於無形了。甚麼東西如果它本身有其不可磨滅的優質，即使遇不幸，也絕非遭不測的。

說到這裏，掉筆引一點杜甫著名的七言古詩〈丹青引贈曹將軍霸〉應該有所啟發。詩內說到曹霸曾享殊榮和殊名，以後因戰亂而飄泊，雖然「善畫蓋有神」，卻是「途窮反遭俗眼白」可謂淪落極矣，杜甫以第三者的身分為他興感且移情，乃有「但看古來盛名下，終日坎壈纏其身」的結尾哀歎。但「丹青不知老將至，富貴於我如浮雲」的一代畫宗曹霸，在生活的實踐裏頭，仍然是積極的、樂觀的，不在利、名、權上鑽取，而是在藝術上進取。你看他在環境坎坷的日子，仍然「偶逢佳士亦寫眞」，而且「屢貌尋常行路人」。很瀟灑，也很翛然。

在不少人看文學垂老衰病而預言它不久人世的今天，有識者應認定它具不朽的昭質，也即永遠有再生的能力。某一種文體會不再流行，但另一種會誕生。詩、詞、曲、小說、戲劇、散文，莫不如此，而已成古典的精品，宛似日月，光輝長照，給後人的啟迪是年年月月甚至時刻常新的。雖然愚者會發囈語，說它們淪落且殭死，但其實它們一直在再生。上面說到曹霸，別人看他淪落，他自己如果取世俗的眼光審照自己，淪落感更強，簡直可以把自己壓扁，但如果回眸自身的努力和成就，自然魂昇魄舉於九天之上，乃了解淪落的是下界，不是自己，也不是自己的畫藝。所以皈依文學的有志者，必須像屈原之能自我提昇，所謂「駕八龍之婉婉兮，載雲旗之委蛇。抑志而弭節兮，神高馳之邈邈。奏九歌而舞韶兮，聊假日以媮樂」（〈離騷〉）。不過，卻毋需效屈原爲政治而至終傷感投河。換言之，如果世情世事顯得咄咄逼人，儘可和它們隔遠一點。外表上也許近到像比鄰，精神上卻相去萬里。不是茅坑石頭，是「惟昭質其猶未虧」的珍寶。

現代史學大師陳寅恪教授在文革時候苦受冷落和迫害，他棄史就文，曾寫詩自抒鬱結說：「文章我自甘淪落，不覓封侯但覓詩。」詩句看似自嘲，實則嘲笑並貶抑那些求執掌大權的小人。他在至困中，從沒淪落過。他本人和他的學問以至詩藝、詩思，在給環境壓得愈低下的時候，實質愈高升。

以文學爲靈魂之錨的人除非棄錨任自己的一葉扁舟隨波逐流，否則風浪更大亦何妨？錨是穩的，舟無損。誠然，萬事萬緣，往往在乎人的一念。如果文人自己軟下筆頭媚世，人既淪落，文自然淪落了。環顧四周以至放眼四海，赤誠殷殷的文學佳士不缺，文學不會淪落。但萬一人類退化，一切倒向食色像禽獸，導致精神文明全部崩潰，那麼，人類既自造末日，文學也必然隨之淪落而死亡了。

一九九三年一月

流水的映照

今時的香港，日漸進入一種頗爲特殊的情態。偶讀李義山〈西溪〉詩，覺得要發幾句附會的話。附會，當然難禁「想入非非」，但只取詩句陪襯講世事，絕不妄作鄭箋，所以大概可以免罪的。

詩云：

悵望西溪水，潺湲奈爾何。不驚春物少，只覺夕陽多。

夠了，就引這兩聯。

溪水潺湲流去，無可阻截，永遠是令人徒歎奈何的。水的長逝，象徵歲月不居。如果牽繫到人生，總是悲涼，因此去去復去去的分秒，把人事物摧殘成老朽，再一沈，自然落入衰謝了。

詩的第三句和第四句稍帶超脫的意味，所謂直面人生者是。春物再少，不用驚心，而肩上夕陽壓得沈重是現實。如此現實，今天不少香港人正在一室晤對而日夜籌算、思量，意亂情迷有之，神閒氣定也有之。李義山五絕〈樂遊原〉內的警語「夕陽無限好，只是近黃昏」，已成爲口頭禪了。因這十個字而點頭感喟的，自然是信心如燭淚，在自焚中淌成哀蠟，對香港的前途，燃不起柳綠桃紅的憧憬，只覺得這四、五年來，春物已不再昌昌了。

然而豪情之士瞻望幾度寒暑之後，香港不再是殖民地，炎黃子孫可以革命地齊喊「我們站起來了」，因此高吟俯詠又另有境界，大可以揮彩管爲古人脫胎換骨，轉誦朝陽無限好，未許近黃昏。

眞的，當舊時代欲殘，而新的日子尚含苞而未放，夕陽是最貼切的比喻了，至於是喜是悲，往往各有情懷。但李義山的哀感，未必是鐵律，看王之渙〈登鸛雀樓〉詩可知：

白日依山盡，黃河入海流；欲窮千里目，更上一層樓。

這裏鋪開的也是夕照，但當事人登樓追擒那將逝的餘豔，把最後一筆晚霞繪紅的河山收入眼底，爲要，我想，印證明天朝暾閃亮的繁綠與新翠。

香港的前途，有人看得悲觀，有人看得樂觀，而或哀或喜的源頭各異。是鬼胎？龍胎？邪胎？正胎？神魔莫測，又是天機不可洩漏。它的一端，不外夕陽多且好，但因遙夜黯黯而傷神；另一端，由於世界朝向和平、公義、繁榮、開放，香港同理，所以夕陽者，殖民主義的迴光返照，而背後燦爛炳煥的，卻是自家人的新猷。時光是潺湲流水，必會映明現實。看罷。

一九九三年一月七日

不親紫荊愛油茶

最近有新硬幣面世，到手時，眼前一亮！這不單因爲它新，還因著洋紫荊花取代了英女王頭像。從鈔票到硬幣，一步步，香港的殖民地色彩減弱了。大勢如潮，酣然沖刷之下，舊事物褪色以至消沒，是應該的。

洋紫荊之爲香港市花，講歷史，肩著二十八度春秋。但早在一九〇八年，已由一位法國神父首先發現於港島西環海旁，接著命名 Bauhinia blakeana。這個學銜好威風，爲的是紀念一八九八年至一九〇三年任香港總督的卜力爵士（Sir Henry Blake）。這位督爺今天還勾留中環向海一隅之地略顯顏色。從何見得呢？請放目郵政總局旁邊那個卜公碼頭便知。卜公者，即卜力爵士，也即英國抓新界並囊括那片疆土的代表人。輕輕地爬梳歷史既竟，可見洋紫荊不免有點辛辣的殖民異味。

要爲洋紫荊辯護，可以說它帶香氣、揚麗色，正好是香港的最佳注腳。還有，長花的紫荊樹畏風，又是香港人忌風險而切求繁榮安定的美妙象徵。

可是，按個人之見，講代表香港，油茶花（Camelliaoleifera Abel）比洋紫荊強多了。首先它沒有喪權辱國的背景。其次，油茶白瓣黃心，花相比姿容妖冶的洋紫荊來得正派，何況它花期特長，從九月到二月一直昂昂磊磊在枝頭，這凌寒傲霜的風骨，更絕非洋紫荊所能比擬。

但最堪稱道的，是油茶的奮鬥精神。它即使在磽瘠之地一樣殷勤地、欣欣地生長。它貌不驚人，但講力，卻連頑石和三合土也能衝破。事實上，它是香港花樹中最有穿岩透壁求生本領的。這是「拚搏」氣概，是香港得以屹立於世的精神支柱！再者，洋紫荊只堪觀賞，一霎情緣，惹恨而已，等而下之是淺薄的浪漫，不足稱道的，但油茶純樸清麗之外，還具有實用價值。它會結果，果內的種子就是工業用的茶油之源。《閩部疏》書內是這樣說的：「以多華，以春實，榨其實爲油，可鐙可膏可釜。」你看，這多可貴！然而村女娥眉難邀時譽，似乎是世界公例。油茶在香港從未獲紳士淑女青睞，也沒有甚麼奇怪了。但退一步想，這正是油茶的福氣。假若它像洋紫荊或菊花那樣枝幹疲軟地俯仰隨人，至終給擁簇進豪門大戶靠著牆邊或端坐桌上堆笑臉而迎俗客，這是何等難堪的折辱呢？

就讓油茶安家郊外或山上吧。亭亭孤豔最宜披戴寒星、冷月與秋霞。漠漠淡香隨野風輕送，正好泛入幽人懷抱而長留天地間。

一九九三年三月一日

無奈亦無懼

電腦如果是人，它的成長速度大概是十五、六歲已達七英尺高了，而且還不斷在向上發展，也相應地向橫發展。記得七〇年代，它不過躲在大機構、大政府部門的一隅，雖然秀色已很可餐，但總是「養在深閨人未識」的光景。誰料得到，今天，它比空調機更深入民間，在任何辦公室，都是一天到晚眨著眼，閃呀閃的，不知道是向人笑還是向人譏誚。無論如何，它滿肚子詭黠是眞的，足能喚起前拉飛爾派名畫那種既撩人又唬人的感覺，例如羅賽蒂（D. G. Rossetti, 1828～82）筆下的仕女圖。

銀行界是講錢的。它們和電腦結緣也深。最近紛紛藉此腦力推出的新猷甚多，總意是今後轉賬、賴賬、存錢、花錢、借錢、掙錢的門路方便極了，不必移玉步，只消用電話打個招呼，甚至在私人電腦上揮動幾下指頭，錢財自然滾滾來，或滔滔去。

今天害得世界大、中城市幾乎無不頭痛欲裂的交通問題，看情形不出十年應該不再爲患，因爲電腦當道的結果，白領階級十居其九可免上班下班之勞，人人在家依時對著電腦，忠心耿耿，像服侍皇帝那樣就是。辦公在家、開會在家、發令在家、受命在家……不用說的是，升職、加薪或不幸給「炒魷魚」，也當然是「家內事」了。你的電腦接通天下電腦，個人眞的是魯迅所謂「躲進小樓成一統」，瀟瀟灑灑的做不折不扣的「內人」，這名堂因此也不給已婚婦女壟斷。

但做內人的結果，到某種境界，卻被無限繁複的外事所轄、所侮。有時候，甚至所辱。原因是你用電腦，但電腦卻役你。眾所周知，所謂「於學無所不窺」的甚麼大師是欺世盜名、斂財、抓權者多，但電腦之爲物，卻的的確確會到一天，於你無所不窺，而且窺得入微，你整個人神經系統的波動完全給它掌握並入檔，七情六慾，無所逃遁於天地間，身體內外雖然沒有可見的繮繩綑縛，事實上卻是給包紮得像粽子。它萬縷柔情和柔絲，叫你革命固難，反革命更大不易，而驀然回首之際，驚覺歐維爾（G. Orwell, 1903～50）名著《一九八四年》描述的鐵腕，已把人勒得半死了，當然包括你在內。前景既然這麼可怕，我們是否先下手爲強，像總理遺教所示，「聯合世界上以平等待我之民族，共同奮鬥」，乾脆把電腦砸個稀爛呢？盱衡世局，這事不可造次，因爲如今世界，電腦的電奴頂多，鬥不過他們的。反正回心一想，也儘能揮揮衣袖而翛然，因爲可憐的地球已日漸給種種汚染糢得一場糊塗。我們呢，正練就銅皮鐵骨，死都不怕，又何來電「惱」，更豈懼電腦？

一九九三年四月十日

救命救子孫啊！

科學家不少已經大發警告，說我們頭上的臭氧層如果繼續受破壞，太陽老先生一定愈過愈不賣帳，會在紫外線A型和B型之外，加添C型給地球。到那地步，皮膚癌患者會比今天的愛滋病人更多。要出門不受害，須穿太空護衣，從頭到腳罩個結實，否則，如有疏漏，哼，你是自作孽，不可活矣，因爲陽光就是死光。

其實在還沒有昂然進入廿一世紀的今天，陽光已經是半票子死光身分了。看澳洲榮膺全球皮膚癌病最多之國這件事實，識者應該心裏有數。曬太陽是寫意的，有些人甚至以此爲人生大樂，但從亮麗照入黑暗，從活跳跳曬進死殭殭，卻顯然是煞風景之極致了。即使不像澳洲人那樣愛做向日葵天天自求多癌，世界這樣下去仍然是到一天陽光不饒我、你、他的。

救命救子孫和免絕種之道，今天必定要全力謀求。建造界設計大玻璃或塑膠拱頂覆蓋城市、製衣業研究如何使太空護衣平民化、汽車工程師試行反光裝置，這種種，還有各行各業的努力，可嘉，是的，但無非兵來將擋、水來土掩的下策。眞正濟世的福音，其實不離絕物慾。絕字太絕，但人類至少也得大大減低對物質享受的無盡要求和追求。

衆所周知，臭氧層本來安居天上，像慈母呵護兒女那樣環抱地球，然而人類愈過愈不孝和忤逆，工業發達了還要發達，無止境地要拓展、要進步、要征服。這些大旗揮多了，行動激烈了，實踐遍地了，於是廢氣、汚氣、瘟氣無限上升，臭氧層焉能不破？破是人戳的，補也得需要人來動手。不思補而只求防，至終一定防不勝防。

喊環保的口號多年來喊得響而長，但有幾個地區的人切實減壓物慾並厲行儉樸生活呢？拼命消費的社會，是天天刺破臭氧層的社會。我們對此要革命再革命！也就是說，要救命！

一九九三年四月二十二日

走出教室上課

記得二十多年前讀印度詩哲泰戈爾作品，很神往他提倡戶外上課那種擁抱大自然的教育。以後有機會往山迪尼基頓泰翁一手創辦的國際大學實地觀察，更加傾倒。雖然居賓館熱至地獄從理論變爲實際，又給蚊子咬到全人內外無時不清醒，無悔也！然而，返回香港，想貫徹泰氏精神卻沒膽量，即使在自由度高的大學也覺得勇不起來，因爲，如果你敢帶著學生在戶外流流浪浪地上課，人人側目竊語之餘，好事者不往當權者那邊告你一狀才怪。退一步，即使其他老師不言，很可能學生也會不滿，因爲班上總有幾個永守中學會考時代金章玉訓的弟子，認爲缺了黑板爲伴而沒機會勤抄筆記，上課等於缺課，交的學費變成投資經營虧本生意了。

泰戈爾並非老天眞。他所倡的戶外之教不是給理、工、醫等類師生去體味的。他們要搞實驗、實習，哪裏可以光憑樹的綠、花的紅和草的青而解決問題？但有些文藝課，的確不妨偶涉浪漫，走出課室來個「野講」、「野談」、「野問」或「野研討」。譬如說唸李白的〈獨坐敬亭山〉：

眾鳥高飛盡，孤雲獨去閒，相看兩不厭，只有敬亭山。

要是在戶外有山的環境上課，那多好。在逐漸城市化的世界，人和大自然的關係日疏，不要說會奔跑的動物，就算靜定的植物，年輕學子對牠（它）們也是認識不够的。再舉一例：

人憐直節生來瘦，自許高材老更剛。曾與蒿藜同雨露，終隨松柏到冰霜。

要傳播王安石這首詩的精義，找個翠竹成林的好去處，就很容易說明「直節」、「高材」、「與蒿藜同雨露」等實況，接著從實物過渡而沈浸人生哲理，那就方便極了。

更重要的是，戶外上課使人親近大自然而愛護大自然。仁心廣被萬物這一項更高層次的道德教育，可以做得輕省和實際。至於捨傳統的四壁、黑板與座椅，取藍天、綠樹、山、石、花、草爲課室，意味藩籬盡去，人際的溝通與融和幾乎不用加意培養就獲致了。老師和學生，一下子打成一片。中國宋代的四大書院在程度上也行這種制度。「諸生時列坐，共愛楓滿林」的境界，叫人望風懷想。

一九九三年四月六日

旅遊的正反面

沒說到旅遊，筆者要先講些反旅遊的話。

首先，如果你篤信儒道而又父母在堂，千萬別多生旅遊妄念，因爲《論語》有說：「父母在，不遠遊」（〈里仁〉篇），雖然下面緊接一句「遊必有方」似乎可以放人一馬，但總意還是遊不宜。明代大旅行家徐霞客有個贊助他浪蕩的母親，這事很特別，幾乎有點「出軌」，不然的話，他是太不孝了。

其次，旅遊會促短壽命，因爲出外往往有點吃無定時、居無定所、睡眠不足等情況。在外容易染病，也是眞的。人在異地，感染率特高。把病菌不知不覺帶回家而變成一生受用不盡的也有，實在於保健不宜。

第三，旅遊而受傷、遇刼甚至喪命，在現代世界毫不稀奇。飛機會跌、船會沈、車會翻、匪徒會露械、會搶掠、會強姦……種種色色無妄之災，數之不盡。

第四，旅遊是相當花錢的玩意。要少花也可以，但得花精神和氣力，並要多少吃點苦頭。無論如何，少花也是花，總比家居浪費金錢，正所謂「貼錢買難受」是也。

第五，別完全相信常入耳那句「讀萬卷書，行萬里路」的話。讀書是少有缺收穫的，但「行萬里路」卻難說了，有些人，旅遊愈多，愈無知且糊塗。更壞的，是愈自大，以爲跑了不少機場與碼頭，就自然而然滿肚子學問、滿頭腦見識。其實世上哪有這麼簡單的事？假如是眞的話，每家旅行社的旅遊帶隊先生或小姐，都屬世界級的學者和智士了。

數說了旅遊那麼多的不是，世界上與旅遊有關的行業，例如旅行社、航空公司、酒店業、飲食業以及其他的服務行業，恐怕都會向筆者興問罪之師，但事實俱在，上述種種，的確不是謬說。

世界少有事情是非黑即白或非白即黑的，旅遊也應作如是觀。換言之，也有好處。

同樣是眼看耳聽，旅遊所接觸的人、事、物，比從電視、電影而來的感受，深刻多了。不過，這裏有一個關鍵問題，就是感受。衆所周知，許多人看電視、電影以至旅遊，全是或大致是只受而不感的，像個垃圾桶，或者比垃圾桶還不如，一切在眼前溜過，是所謂的「水過鴨背」了。

一九九三年五月

超人之死

美國風行數十年的「超人」一變而為凡人，死了！這漫畫不知道傾過多少兒童心和少年心，到一個地步，情之所至，好些虔癡兼備的孩子，就因為效超人飛天遁地而從高處摔下。或死或傷或殘廢的個案數字，如果有紀錄，相信一定好驚人了。

超人這位身體碩健、本領高強、英俊不凡且俠義為懷的好漢，正如其他的流行漫畫主角，生命力按理是十分強韌的。他的死，是這一連載漫畫集的消亡，更標誌出美國以至多地孩子的閱讀口味在轉變。昔日的所歡，今天已不屑一顧，更甚的是回首恨依依，巴不得把原來的偶像踐踏於腳下了。

現世的兒童，從十歲八歲開始，他們處世或玩世的才能，眞叫做過孩子的成人又歎服、又驚異。不過，百感交集之後，更覺無限悲哀、悲酸，而深於情者，悲泣也不稀奇了。

這一代的孩子不一定吃母乳長大，但除了落後地區那些，都一律狂啖電視等類大眾傳媒的快餐而羽毛豐滿的。說是快餐，因爲螢幕瞬息閃變，那個上菜撤菜的速度，以秒算。正因爲這個緣故，赴席的人，不瘋吞怎辦？所以上文的狂啖不是吹牛話，更不屬李白「白髮三千丈」那類文學誇張語。任何方式的狂啖都引致消化不良。入口雖然適意，但出口就一定不暢順了。今人比古人容易患便秘，例子太多，可免贅。

孩子拜電視之賜，懂世界人事物之多，是爲父母師長的成人所未必深悉的。他們「老積」（世故）甚至老辣起來，會拿手槍殺人或自衛。君不見，芝加哥不少學童攜槍上學宛如帶文具乎？又不見，南非住近邊界的孩子，一律接受家庭式的「軍訓」，使用步槍以防黑人打家刼舍乎？在有些落後地區，「童子軍」已成爲軍閥土豪的手下「特種部隊」，他們屬正規步兵，會打、會殺、會抽菸，而強姦這一科也「快畢業」了。不少既文明又先進的孩童，吸毒、運毒、賺錢、賭錢、花錢……爲大人者，只能暗叫慚愧。世界如此進步，超人的所想、所行與所是變得落後無聊，又焉能不死也！

一九九三年六月七日

遊記的寫與思

「遊記」據字面解釋，儘可以說是旅遊的紀錄，其中可能包括旅途所見的人、事、物以及作者的所感所思，很雜的。但也有些遊記，把有關履足之地的歷史、宗教、經濟、社會、科技以及多種文化層面來作大檢閱，按「天下文章一大抄」的原則，像擺滿漢筵席或擺雜貨地攤那樣，恭列到讀者面前聽候舉箸或選購。有人反對這樣寫遊記，認爲這不是正貨，是冒牌商品，志在拉長稿子多謀稿費，很不够職業道德。可是作者勉強不了審稿者和讀者，你要就要，不要就丟，扯到道德未免太嚴重了。

說到底，遊記哪有規定該這樣或那樣寫的？這件事像穿衣服。你把褲子當作新潮帽子戴，特別在自由的國度、尙新的環境，誰管？要是身上掛上一百幾十件飾物甚至會叮叮作響以廣招徠或以新世人耳目，也沒有犯禁。是創新還是無聊，很難說的。即使在今天逗出定論，後世也能翻案。在文學批評這宗大業上，更是層出不窮了。梁實秋曾痛罵文學類型的混雜是壞事、邪道，但如今我們卻聽到有人高聲頌揚某作品，說它集小說、詩歌、散文、藥方、病歷、食譜、年表、股市行情指標於一爐，是乃前無古人的傑作，合乎最新的某某主義，而該爲後生小子的寫作典範了。無論如何，這是道難淸和理難明的典範，只好等候我們這一代加上兒孫兩代在地球舞臺上被殺到片甲不留，才好意定神閒，付與後人分重輕了。

大陸謝大光序李華章著《湖西・我的夢》，裏面引孫犁一段話：「遊記之作，固不在其游，而在其思。有所思，文章能爲山河增色。無所思，山河不能救助文字。作者之修養抱負，於山河文字，皆爲第一義，既重且要。」如果遊記應作散文寫，而散文應作學養、思想、感情的溝通，作者與讀者的心靈，正如《舊約全書》所記，是「深淵與深淵響應，你的波浪洪濤漫過我身」（〈詩篇〉四十二），那麼孫先生的一段話，是至言。

光是遊而記之，那只好算作旅遊介紹或自我吹噓。只有遊而感、而思，末了若繫於懷而情難自已乃下筆，動己動人力量才大。就如任何高妙的散文，絕不止乎美的一現，或羅列式的一記。

一九九三年六月十七日

言到無言即有言

有所謂一言堂的地方和現象，但如今已式微了。不過一言堂的風尚，幾乎是人人欲見的，只要言者是自己，因爲少有人不想做皇帝。具頂天立地抱負的，更想藉自己的一言而興邦。

但這宗偉業從來就不易爲。例如孟子說「民爲貴，社稷次之，君爲輕」，但世世代代，大國小邦的常規卻往往是我爲貴，社稷次之，民爲輕。孫中山先生遺言「和平、奮鬥、救中國」，然而數十年來，黨與黨，黨與非黨、黨內的小黨，釀就並酣飲了幾盞和平呢？奮鬥，是的，揮拳揮汗者不時滿街跑，但跟救中國未必有關了。救的是自己和自己的人。國家？管它去休！

如今大抵以衆言爲尙，於是有衆言堂這詞兒。衆言即多言。按古人的教導，這很不妙，因為言多必失。不過，現世有眾言即民主的講法和肯定，所以多言很時髦。沸騰的，是言多必得的信念，事實是，雖然整天嘩啦嘩啦未必一定得，但寡言而有所失的例子太多了。甚麼人要死跟聖賢教訓而切切實實做木訥君子，很容易給判定為朽木或枯木。按現代人事管理學，這類稱為死枝（Deadwood）的男女，講升級，該押他們在後，若裁員，持刀朝他們脖子劈個正著就對了。

學術界十分崇尚眾言堂，至少在資本主義社會無人不以為然。但更吃香的，不妨稱為得言堂，就是每有一得馬上發言的意思。這在任何方面的研究，幾乎毫無例外，以至生澀之見，未經實踐過濾的理論，洋洋乎湧流，溢出研究室、圖書館和學院圍牆，在資訊發達的今天，完全可以一下子氾濫世界。這情形有時候像印行偽鈔，擾亂市場，害人不淺。

若把層次提高，無言堂而實質統攝一言堂與多言堂則最厲害。且看《舊約全書・詩篇》十九：「諸天述說上帝的榮耀，穹蒼傳揚他的手段。這日到那日發出言語，這夜到那夜傳出知識。無言無語，也無聲音可聽。他的量帶通遍天下，他的言詞傳到地極。」既無言又有言，既無聲即有聲，莊子對此會驚歎道：「神矣，至矣！」佛呢，拈花微笑。

（一九九三年七月十七日）

談鬼說祭

怕鬼似乎和怕窮、怕苦、怕病、怕失業等不相上下。這和所受教育多少沒關係，就說敝友某君吧，他博士學位之外，還擁有一兩張滿紙洋文的光宗耀祖之物，但卻很怕鬼。證據是他寫過短文談 Gwit。Gwit 者，怕鬼之輩講鬼所用的代號也。閒話少提，或問：鬼可怕乎？若按三墳五典精神作答，鬼有好有壞，或益人或害人，沒定準的。鬼道既玄渺又浪漫，良莠不易知，所以可怕就在不可知這一點。我國的聖人早有此見，早存此慮，所以二千多年前已拍板定音說「敬鬼神而遠之」。要「遠之」的東西，掩映曖昧，乍陰乍陽，時時促進神經衰弱。另外，聖人又有言：「鳥獸不可與同群」，這也是「遠之」的分店。不過此「遠」不同彼「遠」。不跟鳥獸混，原因是不屑爲。鳥獸嘛，低我們一等甚至幾等的，如果近之狎之，屬於自甘下流而墮入女子與小人之列矣！

鬼有鬼界，鳥獸有鳥獸界，人類謹守崗位不過界；如此法度整然，諸葛亮的行軍格局也不外如是。但細味聖人教誨，繞樑好音不絕，因為《論語》上明明另有一句：「非其鬼而祭之，諂也。」哦，鬼是要祭的，祭就得賣弄點外交關係。實行也不難，拿酒肉果餅之類不時孝敬孝敬便是。費用是不大的，何況祭後的美物，即使朱顏略改，肥瘦斤兩依然在。至於會否給大鬼小鬼吸盡其中的蛋白質與維他命，據悉從來沒人作過科學論證，不過事實似乎恰恰相反，因為自古以來，凡經過祭這一關的寶貝，照例脫胎換骨而出凡入聖，其營養更豐富概可斷言，不然的話，為甚麼一般人都要爭吃祭肉，至少以一啖為榮為慰？

在我們每天的生活中，拿鬼這個頭銜加諸上下左右的人也是常見的，例如泛稱洋人為鬼，夫妻情侶互相戲罵或氣罵時稱「衰鬼」等。至此，人鬼之界難分了。現世開口講溝通，閉口道交流，無論商、政、學界，都是一理。另外，祭之道又盛行，所以茶樓酒家座無虛席。看發展的大氣候和小氣候，鬼愈來愈不那麼可怕，而且，非其鬼也不妨祭之。這樣做，比你投資萊氏保險更實際。

一九九三年八月三十日

此情難已

許多人好道初戀。理論上來說，不管甚麼事物，第一回的經驗大抵強烈，但如今世界，所謂初戀是甚麼樣的戀，卻頗有問題。

男女破天荒首次拉拉手和摟摟腰算不算？如果這類事在踏入廿一世紀的今天屬於「小兒科」，那麼加上親親吻是否及格？斷案是眞難下的。接吻在有些地方，平常得像啜果子露。歸根到底，是初戀與否，不論兩造之間行事到哪個程度，完全因人而異。對於某些前衛男女，即使上床也未必和戀愛有關，因爲當代先進之士，注重的是泄慾而不是心心相印的互通情愫。講到後者，古人一般來說比今人層次較高，因爲他們受文學的薰陶較深。且看下面的例子吧：

宋人晏幾道〈臨江仙〉詞云：

夢後樓臺高鎖，酒醒簾幕低垂，去年春恨卻來時，落花人獨立，微雨燕雙飛。

記得小蘋初見，兩重心字羅衣，琵琶弦上說相思，當時明月在，曾照綵雲歸。

「兩重心字羅衣」要是解作用素馨、茉莉、沈香等加工製成的心字香，不如按沈雄《古今詞話》所說，是指「衣領屈曲如心字」。晏幾道初見小蘋，中了愛神金箭，雖然發而爲詞沒有道及女子的臉面、舉止與丰姿，但卻暗示心弦似歌，響徹全身神經系統，因此眼光再度投射時，愛慕之情因熱切，也因震顫，目標反而難以凝聚在對方臉上的任何部位，所以小蘋項下的羅衣一環，就成了彼時彼地的聚焦點了。晏公子搦管爲文，吟到「兩重心字」的襦裳，這是多精麗的工筆畫呢！我們沒有充分把握，說詞中所牽涉的是初戀或不是初戀，但那點一見鍾情的心聲，到今天以至將來，還是怦怦然躍出文字，並且迴響不絕。撇開歷史而就詞言詞，如果釋「初見」爲初戀也無不合，因爲後面有「琵琶絃上說相思」作印證。這樣一縷柔絲樣的初戀，論音色、論情韻、論鮮美，又豈是當代電影、電視式的狂抱和瘋吻所能及！然而現代眾生，受精婉文學的陶冶日淺，感情粗糙像泥沙路，因此社會氾濫的，惟慾而已！初戀的芬芳和純摯，已像夢裏殘荷，掩映明滅，但暗香卻不再依人間世。

一九九三年八月十七日

旅遊的樂與怒

旅遊總不離險。險之大、中、小，種類繁雜，最驚心動魄莫如跌飛機和沈船。其實這樣說很不準確，因為大意外忽臨時，其來也速，其去也疾，身上的神經系統尚未能作整體反應，全人可能已經悠悠忽忽幻作青煙，或者轟然的餘響還沒散盡，遇事者的五臟六腑已化作斷霞千縷了。要驚心和動魄，沒時間哩。除此之外，從山崖失足跌個半死之類，要是出門之前徹底批判了個人英雄主義思想，清算了山頭主義餘毒，加上舉步留神，別切求征服大自然，禍是可免的。但有些無知和無心之失，卻叫旅客無可奈何，除非先獲高人的天機神算。

我妻子的朋友，跟丈夫和其他二人往歐洲作「自助餐」式的旅遊，機票和旅店全按行程訂妥，卻不料踏足第一站的義大利，沒到兩天，當攬勝照相的時候放下提包在身旁，幾秒鐘之內就給搶匪妙手一揮當小羊兒牽跑了。「天高不為聞」，任她和丈夫以及朋友怎樣狂喊，夫妻兩人的護照、鈔票全部一下子飛入尋常百姓的某家。結果，翌日在英國大使館協助下，兩口子拿著一張臨時簽發的甚麼紙，像癟了氣的皮球，儘快折回香港。預算的三週甜夢，變成悲苦的現實，接著可能還有三數月的眼神癡呆後遺症。

上述的，是去年的舊聞。近日世界多地經濟疲塌，惡事更多，所以有經驗中人對一位曾單獨浪遊歐洲的青年朋友說：「你有過公園露宿尋找莎士比亞仲夏夜之夢的浪漫經驗，但現在，可一不可再了，因爲不講別的，給人半夜強姦也難說。你不要以爲身爲男子漢就安全，這些日子同性戀變成了流行病呢！」

夏婕小姐闖西藏一些「特區」，往往在有伴和無伴之間。她運氣好，沒撞出事來，也許出了事而沒說，反正她的遊記是一片吉人天相的光景。當然，按某角度審視，冒險探險有其價值，如果你認定這是人生大業，有機會就幹好了。把強姦、強搶等算是蚊子咬；萬一橫死則看作爲國捐軀，萬事自然變等閒，這也不壞。但如果你另有宏圖待實現，那麼出門該遊往何方、遊之目的、遊之法、遊之利、遊之弊，都得一一灑幾滴腦汁，否則毫無味道，或怪味、苦味滿嘴滿腸胃，那未免自作孽了。

一九九三年九月十五日

講話與詭鬼

話，在從前，首先跟媽媽學，以後擴大一點，在家庭全體成員和親友中學。那個學，其實是跟，總之像幼鯨隨大鯨，海洋雖廣雖深，不會迷路或迷惘的。如今呢，科技進步，世界不是這個樣子了。說話除了在家，還得從學校學。古代「不學詩，無以言」，現世是不學話，無以存。所以，才有所謂講話、傳意這類學科，又有所謂公關、交際等跟兩片唇皮翕張的普通訓練。總的目的，用粵語來傳神傳心，最美妙的四個字，大概是「死剩把口」，如果強調守士禦侮方面，則「死鷄撐飯蓋」莫屬矣。上述諸種切，和「言忠信，行篤敬」、「不誠無物」、「巧言令色，鮮矣仁」、「要憑你的話，定你爲義，也要憑你的話，定你有罪」等中西聖賢教訓，似乎是拉不上關係的，因爲，據說，孔老二早已打倒，而上帝更安息有年。

凡事未講成功，要先防成仁，未言追求異性，要先避失足的暗穽。這似乎是當代的護身盔甲了。爲此，我想，說話傳意等事，如果是出擊之學，那麼消極那一面的防襲之道，顯然是不可或忘的。大陸五〇年代日夜喃喃唪唪講防襲防鑽，大條道理在焉，蓋《孫子兵法》也。

講防禦，耳聰目明很重要。詭辯學、厚黑學、黃蟮學、蝸牛學、刺蝟學、狐狗學等，行之不足取，但知之倒不可少。因爲，如果懵然不知，則耳難聽、目難明，即使因緣際會穩據高位，也不外與晉惠帝之流作隔代昏君，透過歷史塵霧，相視發莫逆的癡笑而已。更險的是應了史書記載，「如木偶，任人玩弄，終至被弒，而晉室大衰。」

今之世，夸夸其談者，像爲害魚貝類的紅潮，處處氾濫。我們若耳聾眼矇浮游人海，一下子易遭殃。要認識此潮，除了上述學問，還得傾聽入耳的言辭。凡把兩句話枝蔓彎曲地發酵成二十，二十句幻化爲三百的，自然是詭夸雙全的專家。按〈馬太福音〉的啟示，他們的話，屬「多說」，他們的嘴臉，屬「那惡者」（魔鬼）。另外，〈創世紀〉關於夏娃被魔鬼引誘吃禁果一節，有更精闢的事例。你不必是信徒，但細思一下那點原則，會有助加強警惕和增益智慧。

〈創世紀〉第一章有話：「上帝吩咐他說……你不可吃，因爲你吃的日子必定死。」

「第二章」，魔鬼以蛇的面目出現：「蛇對女人說，上帝豈是眞說，不許你們吃園中所有樹上的果子麼？……你們不一定死。」故事的關鍵，在於嚴肅明確的吩咐，被歪曲爲「豈是眞說」，而「必定」轉爲「不一定」。這是鬼的最原始伎倆，也是最終極的伎倆。

按上文，可見鬼雖詭，也不是無迹可尋。講鬼話的人，外人內鬼，和〈創世紀〉所示的外蛇內撒旦，完全吻合。魔鬼一出場，清明的，成混濁，確切的，變模糊。最後萬事一糞坑，於是逐臭之夫，乃歡頌時年的美順。中國的野史所記蚩尤作大霧以亂黃帝，原則正同。

言詭必鬼，鬼言必詭，是的！但有時候，言多可能詭，也可能不詭。後一類，只屬神經過緊、口舌過敏而已。要分辨，且借助歌德的偉大著作「浮士德」第二部第二幕第一景末了的話：「魔鬼是個老傢伙。要認識他，你也要老。」

人在年歲上，不學自老，但在老練方面，不學不老。很明顯，要年老何難？不夭折，不早死就是。但要老練，要老而不昏，卻需花氣力和品格之力了。當然時間也不可少。

不管學傳意、講話，人事管理或什麼的，即使從學校以優異成績畢業，若講老練，則仍是一生一世未畢之業。在人事物所見多詭多鬼的今代，這未畢之業所求於我們的，是無盡的浸泡。唉，苦矣！人生如夢、如寄、如舞臺……都有浪漫的一隅供別有懷抱者在其中噝嗟或沉溺，但若人生如爛泥，四周是汚臭的詭和鬼，又如何是好呢？自殺是一條路，但奮志的，卻在抗毒之餘，出髒淤而護保蓮性，並待得薰風，開遍十里清芬的荷花，廣結益惠眾生的蓮實。末了，菡萏香銷老耋之年，俯仰間，不內慚，因自知不枉此生了。

白朗寧有詩句：「跟我一道老，最好的東西日後到。」那「最好的」，我想，莫如老來深識詭與鬼，助己助人高築防潮壩，避免〈啟示錄〉所說「那龍，就是古蛇，又叫魔鬼，也叫撒旦」的禍害。更積極一面，從蓮根起，一莖直直超超與瀟瀟，送荷香，結蓮子。

一九八九年九月四日

後　記

這本集子分「長篇」和「短篇」兩類，顧名思義，前者較長，後者較短。這樣區分，完全為方便讀者著想，因為這個時代很忙碌，時間充裕才能讀長篇，否則短篇會較切合所謂的「快餐文化」。不過長短只是相對的說法。總的來看，長者每篇不過一千多字到三千字上下，短的，每篇數百字而已。文章按刊登時日先後編排(除最後一篇外)，因為若按上天下地無所不包的內容是很難下手的。集內諸作，只有〈八仙之戀〉曾在香港結集。自己對它有偏愛，所以讓它在臺灣也出場了。

我願聽到讀者的回聲。但正如上面所說，這是個忙碌的時代，所以願望也許是奢望。

最後得說一句，這些年間自己住在香港，文章帶港味，那是必然的。

梁錫華書於香港司徒拔道嶺南學院

梁錫華著作目錄

（只包括一九九四年八月為止已結集成書者）

*《聖經新釋》（翻譯），香港，證道，一九六一年。

《勝過恐懼與疾病》（翻譯），香港，新生命，約一九六一年。

《曠野中的筵席》（翻譯），香港，基督徒，約一九七五年。

Meet Brother Nee（翻譯）香港，基督徒，約一九七五年。

《徐志摩英文書信集》（翻譯），臺北，聯經，一九七九年。

《徐志摩新傳》（傳記），臺北，聯經，一九七九年。

《徐志摩詩文補遺》（編注），臺北，時報，一九八〇年。

《聞一多諸作家遺佚詩文集》（編注），香港，香港文學，一九八〇年。

《揮袖話愛情》(散文),臺北,九歌,一九八一年。
**《胡適秘藏書信選》(上、下册)(編注),臺北,遠景,一九八二年。
**《有餘篇》(甲、乙集),(雜文),臺北,時報,一九八三年。
《明月與君同》(散文),臺北,九歌,一九八三年。
《且道陰晴圓缺》(論述文),臺北,遠景,一九八三年。
《續愛眉小札》(編注),臺北,遠景,一九八三年。
《梁錫華選集》(論述文、散文、雜文),香港,山邊社,一九八四年。
《獨立蒼茫》(小說),香港,香江,一九八五年;臺北,時報,一九八五年。
《四八集》(雜文),臺北,遠東,一九八五年。
《頭上一片雲》(小說),臺北,遠東,一九八五年。
《八仙之戀》(散文),香港,華漢,一九八五年。
*《二十世紀文學理論》(翻譯),香港,中文大學,一九八五年。
《祭壇佳里》(論述文、翻譯),香港,香江,一九八七年。
《已見集》(論述文),香港,中國學社,一九八九年。
《我爲山狂》(散文),香港,香江,一九八九年。

△《懷鄉記》（散文），溫哥華，楓橋，一九九〇年。

《李商隱哀傳》（歷史小說），香港，香江，一九九三年。

《香港大學生》（小說），北京，中國文聯，一九九四年。

《情繫一環》（散文），臺北，三民，一九九四年。

《給青少年》（短文），香港，獲益，一九九四年。

* 與多人合作

** 各分兩冊印行

△ 以往散見於各集內有關加拿大的文章

㉑浮生九四
・雪林回憶錄　蘇雪林著
㉒海天集　莊信正著
㉓日本式心靈
・文化與社會散論　李永熾著
㉔臺灣文學風貌　李瑞騰著
㉕干儛集　黃翰荻著
㉖作家與作品　謝冰瑩著
㉗冰瑩書信　謝冰瑩著
㉘冰瑩遊記　謝冰瑩著
㉙冰瑩憶往　謝冰瑩著
㉚冰瑩懷舊　謝冰瑩著
㉛與世界文壇對話　鄭樹森著
㉜捉狂下的興嘆　南方朔著
㉝猶記風吹水上鱗
・錢穆與現代中國學術　余英時著
㉞形象與言語
・西方現代藝術評論文集　李明明著
㉟紅學論集　潘重規著
㊱憂鬱與狂熱　孫瑋芒著
㊲黃昏過客　沙究著
㊳帶詩蹺課去　徐望雲著
㊴走出銅像國　龔鵬程著
㊵伴我半世紀的那把琴　鄧昌國著
㊶深層思考與思考深層
・轉型期國際政治的觀察　劉必榮著
㊷瞬　間　周志文著
㊸兩岸迷宮遊戲　楊　渡著
㊹德國問題與歐洲秩序　彭滂沱著
㊺文學關懷　李瑞騰著
㊻未能忘情　劉紹銘著

⑬美麗的負荷

封德屏　著

本書是作者從事寫作的文字總集。有少女時代所寫，如詩如歌的雋永小品；更有以求眞存眞的態度詳實記錄而成的報導文字，對象涵蓋作家、影劇圈、藝術家等文藝工作者的訪談記錄。值得有心人一起駐足品賞。

⑭現代文明的隱者

周陽山　著

生爲現代人，身處文明世界，又何能自隱於現代文明？本書內容包括散文、報導文學、音樂、影評、書評等，作者中西學養兼富，體驗靈敏，以悲憫之心關懷社會，以詳贍分析品評文藝，是學術研究外，結合專業知識與文學筆調的另一種嘗試。

⑮煙火與噴泉

白靈　著

本書詳盡的評析了新詩的源起及演變、臺灣詩壇的今與昔，除介紹鄭愁予、葉維廉、羅青等當代名家的詩作及創作理念外，並給予初習新詩者的入門指引，值得想一探新詩領域的您細細研讀。

⑯七十浮跡
・生活體驗與思考

項退結　著

本書是作者一生所思所悟與生活體驗。從青年時米蘭求學，到「哲學之遺忘」的西德八年，再到主持《現代學苑》實踐對文化與思想的關懷，最後從事教學與學術研究的漫長人生歷程。雖是略帶有自傳性質，卻也反映了一個哲學人所代表的時代徵兆。

⑦⑦永恆的彩虹

小民 著

問世間情是何物，怎教人如此感念，環遶家園周遭的倫理親情、憶往懷舊的大陸鄉情、恒久不渝的溫馨友情……，是多麼的令人難以忘懷。本書作者以平和的語氣、平實的筆調，娓娓道出人世間的種種至情，讀來無限思情襲上心頭。

⑦⑧情繫一環

梁錫華 著

寫作是件動腦動筆的事，使人保持身心熱切，而創造性的熱切是有助健康和留住青春的。本書作者以其悲天憫人的襟懷，寓理於文，冀望讀者會心處，除了青春、健康外，另有所得。

⑦⑨遠山一抹

思果 著

本書是作者近二十年來有關文藝批評、中英文文學、語文、寫作研究的精心之作。作者學貫中西，探究深微，以精純的文字、獨到的見解，寫出篇篇字斟句酌、妙筆生花的佳作，令人百讀不厭。

⑧⓪尋找希望的星空

呂大明 著

在人生的旅途中，處處是絕望的陷阱，但晚星的光芒是黎明的導航員，雨後的彩虹也會在遠方出現，絕望懸接著希望，超越絕望，希望的星空就呈現在眼前，願這本小書帶給您一片希望的星空……

81 領養一株雲杉

黃文範 著

有人說，散文是作家的身分證，對譯人何嘗不是如此。本書是作者治譯之餘，跑出自囿於譯室門外自遣的心血結晶。涉獵範圍廣泛，文字洗練而富感情，展現作者另一種風貌，帶給讀者一份驚喜。

82 浮世情懷

劉安諾 著

本書是作者以其所思、所感、所見、所聞，發而為文的結集。作者才思敏捷，信手拈來，或詼諧、或雋永，皆屬上乘。在這匆遽忙碌的時代，不妨暫停一下，此書當能博君一粲。

83 天涯長青

趙淑俠 著

文藝創作者身處他鄉異國，該如何面對因文化差異所帶來的困擾？本書所描寫的，是作者旅居異域多年的感觸、收穫和挫折。其中亦有生活上的小點滴，時而凝重、時而幽默，清晰的呈現出東西文化的異同風貌，讓讀者享受一場世界文化的大河之旅。

84 文學札記

黃國彬 著

作者放眼不同的時空，深入淺出地探討文學的現象、趨勢，以至個別作家的風格，舉凡詩、散文、小說、文學評論等，都能道人所未道，言人所未言，把學問、識見、趣味共冶於一爐，堪稱文學評論集的佳作。

⑧⑤訪草（第一卷）

陳冠學 著

本書是作者於田園生活中所見所感之作，內有田園意，有家居圖，有專寫田園聲光、哲理的卷軸。喜愛大自然田園清新景象的讀者，將可從中獲得一份未曾預期的驚喜與滿足；另有一小部分有關人性與人生哲理的文字，則會句句印入您的心底。

⑧⑥藍色的斷想

・孤獨者隨想錄ABC全卷

陳冠學 著

本書是作者暫離大自然和田園，帶著深沉的憂鬱面對人世之作。一路上你將有許多領略與感觸，時或有天光爆破的驚喜；但多數時候，你的心頭將披著一襲輕愁，甚或覆著一領悲情。這是悲觀哲學，卻是被熱情、關心與希望融化了的悲觀哲學。

⑧⑦追不回的永恆

彭歌 著

本書是《聯合報》副刊上「三三草」專欄的結集。作者以其犀利的筆鋒，對種種社會現象痛下針砭，冀望這些警世的短文，能如暮鼓晨鐘般，在這變亂紛乘的時代，起著振聾發聵的作用。

⑧⑧紫水晶戒指

小民 著

俗世間的珍寶，有謂璀燦的鑽石碧玉，有謂顯榮的列鼎封侯。其實生活就是人生最美的寶物，不假外求。非常喜愛紫色的小民女士，以她一貫親切、自然的文筆，輯選出這本小品，好比美麗的紫色禮物，要獻給愛好文學也愛好生活的您。

⑧⑨心路的嬉逐

劉延湘　著

本書筆調清新幽默，論理深刻而又能落實於生活踐履。走一趟作者精心安排的「心路」之旅，您將莞爾一笑，心情頓時開朗。而您也將發現，原以爲只是一條山間小路，結果卻是風景優美、鳥語花香的舒坦大道。

⑨⓪情書外一章

韓秀　著

情與愛是人類謳歌不盡的永恆主題，它爲空虛貧乏的現代生活加添了無數的色彩。本書記錄下了作者在日常生活中感受到的親情、愛情、友情及故園情，在書中點滴的情感交流裏，在這些溫馨的文字中，我們是否也能試著尋回一些早已失去的東西。

⑨①情到深處

簡宛　著

本書是作者旅美二十五年後的第二十五本結集。身爲一個教育家，作者以其溫婉親切的筆調，寫出篇篇充滿溫情的佳構，不惟感動人心，亦復激勵人性。將愛、生活與學習確實的體驗，眞正感受到人生的有情，生命也因此生意盎然。

⑨②父女對話

陳冠學　著

一位老父與五歲幼女徜徉在山林之間，山林蓊鬱，山泉甘冽，這裡自有一份孤獨的甘美。本書是記述作者父女在人世僻靜的一個角落，過著遺世獨立的生活的文學畫。舉世滔滔，這應是一面明鏡，堪供讀者對照。

⑨③陳冲前傳

嚴歌苓 著

在好萊塢市場，多少人一夜成名直步青雲，又有多少人一朝雲中跌落從此絕跡銀海。身爲一個中國人，陳冲是經過多少奮鬥與波折，身爲一個聰慧多感的女子，她又是經過多少的心路激盪，才能處於這洶湧波滔中。本書將爲您娓娓道出陳冲的故事。

⑨④面壁笑人類

祖慰 著

本書是有「怪味小說派」之稱的大陸作家祖慰，在巴黎面壁五年悟得的佳構。他的散文神遊八荒，情貫萬里，將理性的思惟和非理性的激情雜揉一起。讀其作品既能吸收大量的科普知識，又可汲取其飄逸文風的美感享受，面壁笑人類，一樂也。

國立中央圖書館出版品預行編目資料

情繫一環／梁錫華著. --初版. --臺北市
：三民，民83
面；　公分. --（三民叢刊；78）
ISBN 957-14-2092-1（平裝）

855　　83006495

著作人　梁錫華
發行人　劉振强
著作財產權人　三民書局股份有限公司
臺北市復興北路三八六號
發行所　三民書局股份有限公司
地　址／臺北市復興北路三八六號
郵　撥／〇〇〇九九九八一五號
印刷所　三民書局股份有限公司
門市部　復北店／臺北市復興北路三八六號
重南店／臺北市重慶南路一段六十一號
初　版　中華民　十三年八月
編　號　S 85267
基本定價　叁元叁角叁分
行政院新聞局登記證局版臺業字第〇二〇〇號

ISBN 957-14-2092-1（平裝）

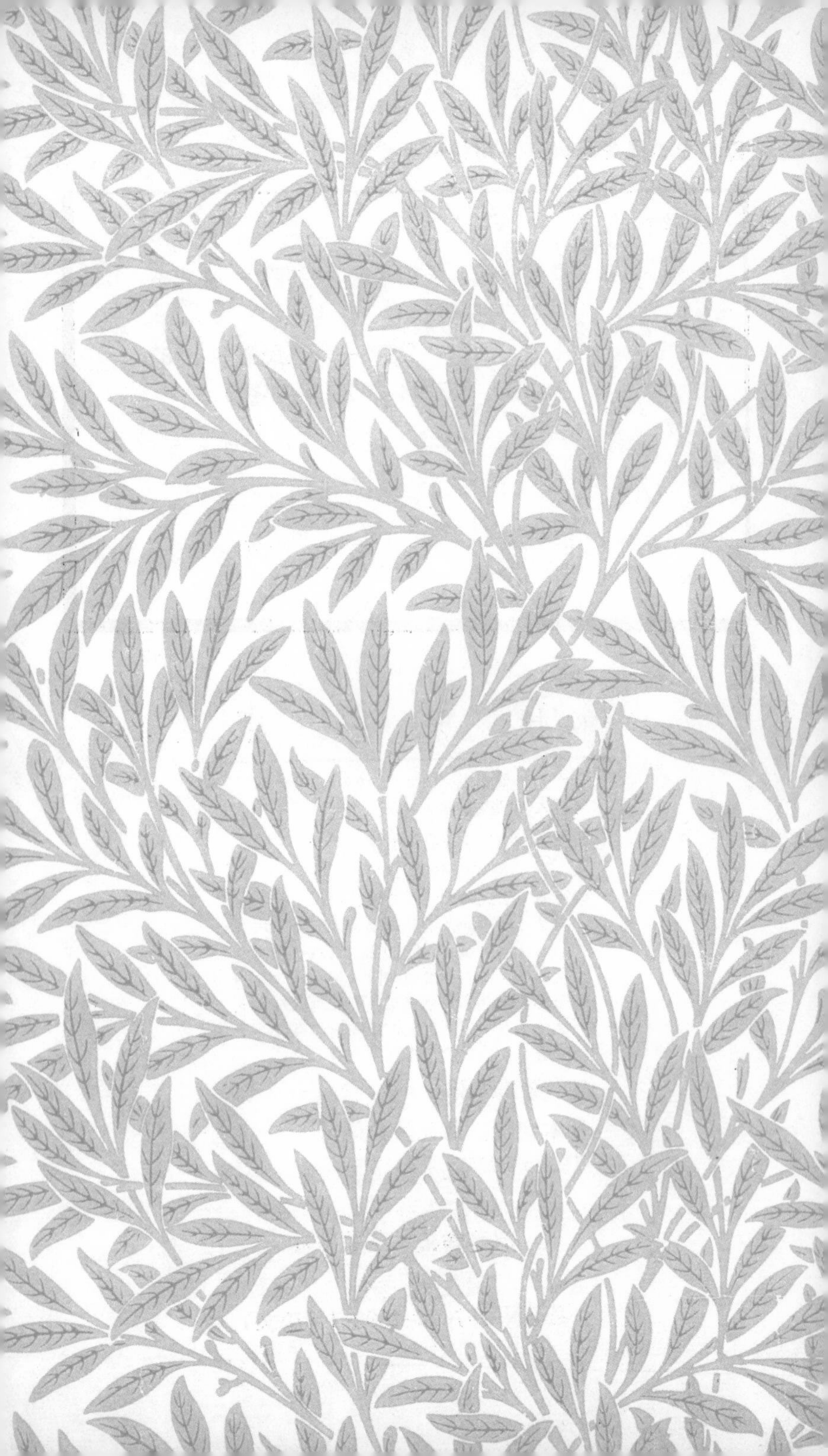